アレリラ

「お体に障らないようにだけお気をつけ下さい」

アーハ

「やっぱり女の子も可愛いわぁ～♡
もう一人くらい頑張ろうかしらぁ～♪」

結局ウーユゥしか生まれなかったアレリラは、
少々後継ぎ問題が悩ましいところだった。
女侯でも構わない、とイースティリア様は仰るけれど、
生来おっとりしたウーユゥに
務まるのかがまだ読み切れないのである。
[illegible]つの懸念は目の前の光景。

ール伯著、『

ーデルしゃまぁ～♡
日のご本は何でしゅかぁ～？♡」
ウーユゥ
鉱山運営』」
クーデル
お局令嬢と朱夏の季節
～冷徹宰相様との事務的な婚姻契約に、不満はございません～

メアリー＝ドゥ

illustrator Shabon

目次

contents

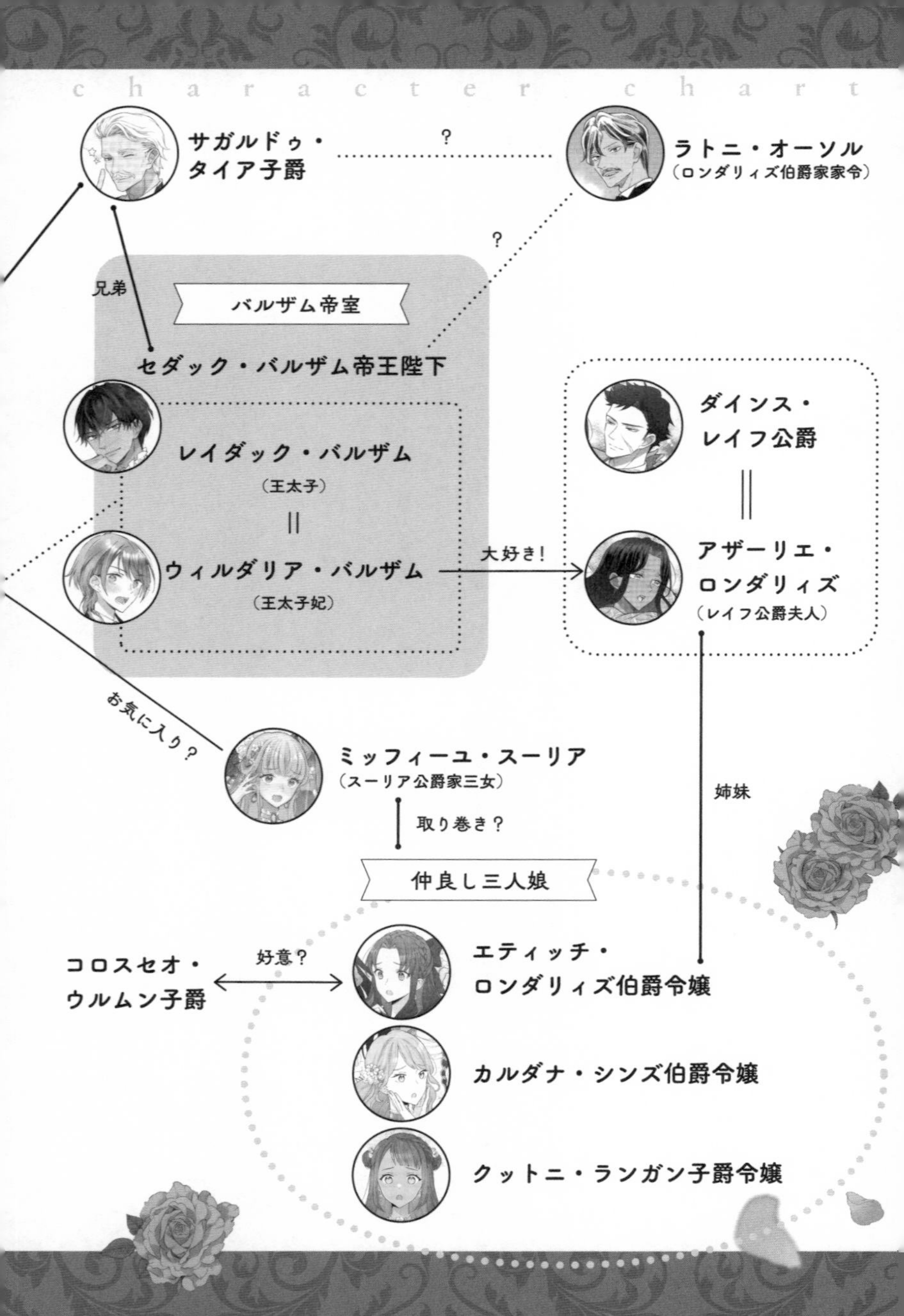
character chart
サガルドゥ・
タイア子爵
?
ラトニ・オーソル
（ロンダリィズ伯爵家家令）
?
兄弟
バルザム帝室
セダック・バルザム帝王陛下
レイダック・バルザム
（王太子）
‖
ウィルダリア・バルザム
（王太子妃）
大好き！
ダインス・
レイフ公爵
‖
アザーリエ・
ロンダリィズ
（レイフ公爵夫人）
お気に入り？
ミッフィーユ・スーリア
（スーリア公爵家三女）
取り巻き？
姉妹
仲良し三人娘
コロスセオ・
ウルムン子爵
好意？
エティッチ・
ロンダリィズ伯爵令嬢
カルダナ・シンズ伯爵令嬢
クットニ・ランガン子爵令嬢

お局令嬢と朱夏の季節

人物相関図

～冷徹宰相様との事務的な婚姻契約に、不満はございません～

ダエラール子爵家

フォッシモ・ダエラール子爵
（アレリラの弟）

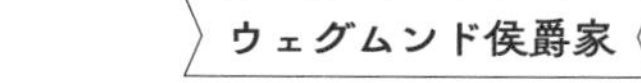

祖父と孫

アレリラ・ウェグムンド
（ウェグムンド侯爵夫人）

婚約破棄！

元婚約者

ボンボリーノ・ペフェルティ伯爵

||

アーハ・コルコツォ男爵令嬢

||

気の置けない仲

イースティリア・ウェグムンド侯爵
（宰相閣下）

オルムロ（ウェグムンド侯爵家執事長）

ケイティ（ウェグムンド侯爵家侍女長）

バルザム帝国と周辺国

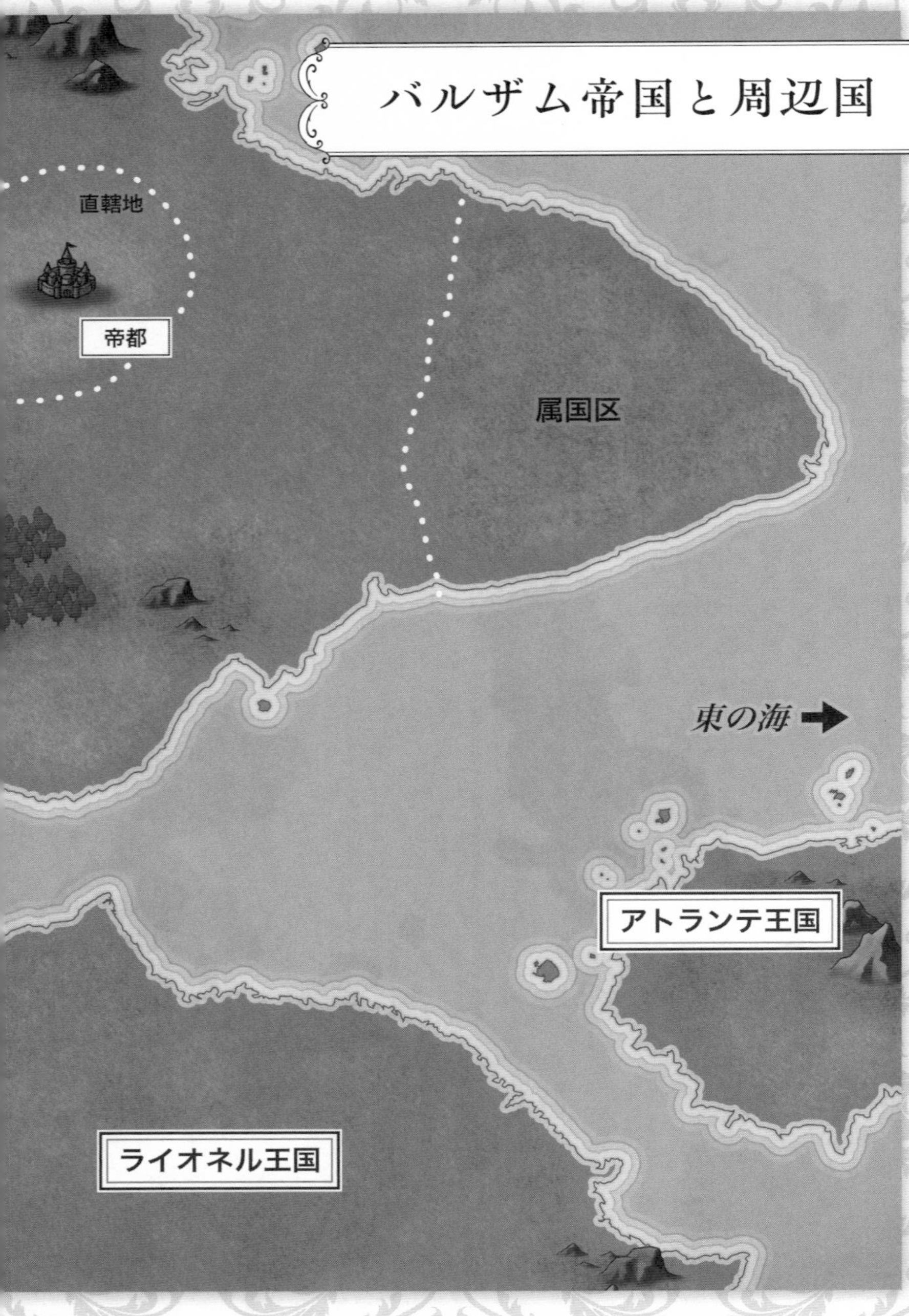

バーランド王国
バルザム帝国
ロンダリィズ伯爵領
国家間
横断鉄道
大街道計画
ウェグムンド侯爵領
タイア子爵領
ペフェルティ伯爵領
ダエラール子爵領
西の海
大公国

序章

タイア領から旅立ちます。

「お世話になりました、お祖父様」

幼少より、久しぶりのタイア領への滞在。

存分に楽しんだアレリラが祖父に向かって頭を下げると、彼は頰を緩ませた。

「また、いつでもおいで。と言っても、君たちは忙しいから難しいかもしれないがね」

笑みのまま軽く肩を竦めた祖父に、アレリラは少し目元を細めた。

「本当に、気軽に来れるのであれば、何度でも足を運びたいと思います。お祖父様の領は素晴らしい場所です」

「そうだろう、そうだろう」

嬉しそうに頷いた彼だったが、続いた言葉は少々不穏だった。

「もし、君が堅物の旦那様と喧嘩してどうしても戻りたくない、顔も見たくないと思った時に、この領を訪ねるといい。一歩も足を踏み入れさせないことを約束しよう」

「冗談でもおやめ下さい」

アレリラは、表情を消して祖父に言い返す。

「王兄殿下と宰相閣下の全面衝突など見たくもありませんし、そもそも、わたくしとイース様が喧嘩をしたことは一度もございません」

するとと彼は少々残念そうな顔をしつつも、まだ面白がっている様子で軽口を叩く。

「それは凄いね。我とソレアナは喧嘩ばかりだったよ。いや、一方的に文句を言われている感じかな？　彼女は、とても気が強くてね」

「お祖母様は、気がお強かったのですか？」

「それはもう。元々はスラム街に近い場所で、タフに生き抜いて来た女性だったからね」

懐かしそうに遠い目をした祖父が、晴れ渡る空を見上げる。

「本来なら、知り合うこともなかった女性だった。彼女の辿った数奇な運命を思えば……本当に我との暮らしが幸せだったのかは、分からないがね」

アレリラは、祖父のそんな物言いに少々驚いた。

「お祖父様のような御慧眼(けいがん)をお持ちの方でも、そのように思われるのですか？」

「言っただろう？　自分の心ほどままならないものはない。そして、人の心は目には見えない。幸せだったなら良いとは思うけれど、我も完璧ではないからね」

祖父はこちらに目を戻し、優しく笑う。

「そう遠くない未来、我もソレアナのいる場所へと赴く。その時にでも聞いてみるよ」

「……そのように仰らないで下さい」
サガルドゥが告げた言葉に、孫娘は、どこか寂しそうな様子で目を伏せた。

――失言だったかな？


そう思っていると、彼女は言葉を重ねる。

「孫として、そして宰相秘書官としても、お祖父様にはこれから少しでも長く健やかに過ごしていただき、多くの智慧(ちえ)を授かりたいと、わたくしは願っております」

「そうかい？　嬉しいな」

まったく、孫娘というのはどうしてこんなにも可愛いのか……と、サガルドゥは目尻を下げる。

娘であるタリアーナも当然可愛いが、また違った愛おしさが湧いてくるものだ。

「お会いしたことはございませんが……きっとお祖母様も、お祖父様のお側であれば幸せであったのではないかと、推察致します」

「ありがとう」

サガルドゥは、アレリラの心遣いに感謝を告げた。

ソレアナとタリアーナは、いつ誰に狙われるか分からない立場であり、年に一度開催される新年の夜会に参加することすら避けていた。

何の後ろ盾もないまま、高位貴族の子……あるいは、王家の血筋に連なる落とし胤『かもしれない』子を産むというのは、当時はそれ程に危険なことだったのだ。

結果として、タリアーナが【紅玉の瞳】を持って生まれることはなかったが、それでも成人まで彼女の存在を秘匿したのは、少しでも危険に晒したくないという気持ちからだった。

実際、彼女らの後ろ盾であったサガルドゥが『北の戦乱』で領を離れた時を狙って、テナルファスは動いた。


——あれは十中八九、シルギオの差し金だろうけどね。


あの男は、当時の第二王子に忠実だったようだから。

色々と入り組み、捻くれた状況に複雑な思いはあるものの……あの件で唯一許せなかったのは、タリアーナの心に深く恐怖を刻み込むような形で『あれ』を実行したことだった。

シルギオから、そこまで細かい指示があった訳ではないだろう。

が、自分の感情と彼らの行動に対する理解は、別物なのだ。

そんな風に物思いに耽っていて、ふっつりと会話が途絶えていたことに気づいたサガルドゥは、改めて口を開く。

「アレリラ。我がソレアナに似ていると思った女性は二人いてね。その内の一人が君で、もう一人がアザーリエ・レイフ公爵夫人だ」

「……失礼ながら、あの女性とわたくしは全く似ていないと思われますが」

「そう、君たち二人『は』似ていない。けれどソレアナの芯にあった、頑固で、感情すら割り切ってゆくような冷静な部分が君に似ていて、周りを和ませ笑顔にさせるような明るい部分が、アザーリエ夫人に似ているんだ」

しかしアレリラは、さらに理解に苦しむような様子でかすかに眉根を寄せる。

「……わたくしは、レイフ公爵夫人は控えめで引っ込み思案な方、と記憶しておりますが」

「おや」

サガルドゥは、彼女の言葉に少し驚く。

「君は〝傾国の妖女〟の、あの色香のカーテンに惑わされなかったのだね？」

「おそらくは、そうなのでしょう。それは、ペフェルティ伯爵も同様かと」

「そうか、そうか。……君たちはどちらも優秀なのに、本当にソリが合わなかったのだねぇ……」

どこかしみじみとした気持ちで、サガルドゥはボンボリーノの能天気で可愛い笑顔を思い浮かべながら、深く頷いた。

「でも、その控えめで引っ込み思案な、要は人見知りの部分までをも剝ぎ取れれば、アザーリエ夫人はとんでもなく可愛い女性なのだよ。君なら、そんな本質部分を目にすることも出来るだろうし、彼女と話すことは先日も言った通り、君にとって大変有意義だろう」

何せ相手は〝労働環境改善の慈母〟である。

その御大層な二つ名を口にして、彼女の顔を真っ赤にさせるようなからかい方をした時、あの恐ろしいダインスに剣を抜かれたのも良い思い出だ。

そこで玄関が使用人の手で開かれたのに気づいて、サガルドゥは小さく頷く。

「どうやら、ウェグムンド侯爵も来たようだね」

彼に『書庫から必要だと思う資料を自由に持っていって良い』と言ったところ、こんな出発直前までこもっていたのだ。

アレリラが、女性が持つには珍しい懐中時計をカパリと開いて、時間を確認する。

「日程遅延ギリギリの時間ですね。イースティリア様にしては珍しいことです」

「アレリラ、呼び方に気をつけないと。イース様、と呼ぶことにしたんだろう？」

「…………はい」

またついつい揶揄（からか）うようなことを口にすると、アレリラは案の定、恥ずかしそうな反応を見せた。

ピシッと固まった後、耳の先だけがほんのりと赤くなったのだ。

「ウェグムンド侯爵は時間ギリギリだけど、それについては怒らないのかい？」

「はい、予定が守られていますので。出立の準備がなければ、わたくしも同じようにギリギリまで書庫探索に参加したかったくらいです」

「ボンちゃんの時とは違って、君たちは本当に気が合うようで素晴らしいね」

「……ボンちゃん？」

「おっと、少し気を抜いたかな。我は、彼とはとても仲良しでね。そう呼ばせて貰ってるんだ」

あの子はあの子で、アレリラやフォッシモとは別の意味で可愛い。

普段はとんでもないおバカで、予測不可能な部分も多いが、何故か彼が関わると全てが上手く行く不思議な人物である。

「すまないね」

「いえ、彼とは既に和解しておりますので」

過去のいざこざからあまり良い気はしないだろう、と謝ったが、アレリラは本当に気にしていないようだった。

「時間が押しているのなら、先に馬車に乗り込んでおくかい？　我が手を貸そう」

「畏れ入ります」

そうしてアレリラを乗り込ませた後に、イースティリアとも挨拶を交わす。

サガルドゥは、彼にも忠告を与えておきたいと思っていた。

しかしその忠告は、あまりアレリラには聞かれたくない話だったのだ。

「本当に世話になりました、タイア子爵。この御恩は、帝国の繁栄を以て返させていただきます」

「うん。アレリラにはアザーリエ夫人に会うように伝えたけれど、君にはロンダリィズ伯爵家の家令に会うことを、お勧めしておくよ。イースティリア・ウェグムンド宰相閣下」

その言い方で、ただ『人に会え』と言っている訳ではないことを察したのだろう、彼の目がスゥ、と細まり、冷徹な色が宿る。

「何か、あるのですね」

その『何かある』と感じた時の反応がアレリラにそっくりで、サガルドゥはおかしくなった。

似たもの同士とは元来、仲が悪くなりそうなものなのだが。

「サガルドゥから会うように言われた、と伝えると良い。家令の名は……ラトニ・オーソル」

その名を囁くと、イースティリアが鼻から息を吸い込んだ。

「一度、ロンダリィズ伯爵家のタウンハウスでアレリラが会ったことがあるそうですが。彼の苗字は、オーソル、なのですね？」

「ああ。爵位を剝奪された、ソレアナの父親の名だ」

妾の子だった彼女を無理やり貴族令嬢に仕立てて利用し、王族に取り入ろうとした元男爵の名である。

「何故、そんな人物がロンダリィズ伯爵家の家令を？　……いえ。名、ですか？」

「そう、名だよ」

イースティリアの途轍もない察しの良さに、サガルドゥはニコニコと頷く。

「元々、あの件の黒幕……裏でオーソル男爵家を操っていたのは、当時のロンダリィズだ。関係者は表に裏に、処罰を受けた」

名は残っているが、オーソル男爵は既にこの世にはいない。

暗に示したその事実を、イースティリアは正確に察した。

では、その名を受け取り、今も家令として過ごす人物は誰なのか。

それもおそらく、彼なら分かるだろう。

「君は、帝国宰相として全てを知っておく権利と義務がある、と我は判断した。我やイントアのことばかりでなく、それ以外の物事においてもね」

この件に関しては色々と種明かしがあるのだが、それらは全て、イースティリアが『ラトニ』に会った時に知ることだろう。

「全ては繋がっているのだ。過去と未来も、人々の関係性も……それぞれの想いも、ね」

「想い、ですか」

「そう。帝国の闇を次に引き継がぬ為に、論理のみならず情を解することもまた、施政において大切なことだと、君なら理解出来ているだろうけれど」

「おそらくは。可能な限り、これからも解する努力を致します」

「うん。……それと、アレリラの出自に関する話だが」

「はい」

「【紅玉の瞳】なき者は、たとえ血族であっても、王たり得ないことを覚えておくことだ。アレリラも、フォッシモも、タリアーナも例外なく。……おそらく、シルギオの血を引いてはいないし、引いていても問題はない」

たとえ、王族直系長子であろうとも、【紅玉の瞳】なき者は王位継承権を与えられず、傍系でも瞳を持つ者が王位継承権の上位となる。

今まで直系でそうした事例が起こったことはないが、それが秘匿されている王家の『掟』だった。

「なるほど……ご厚意に感謝を」

イースティリアの声が少し柔らかくなったのは、『アレリラが利用される危険』が低くなったことに関する安堵だろう。

実際、噂が風化して、サガルドゥが王兄であることを知る者も少なくなった今なら、ほとんど危険はない。

「帝国の未来を、宜しくお願い致します。帝国宰相閣下」

最後に臣下の礼を取ったサガルドゥに、イースティリアは普段よりもさらに背筋を正し、同様に最敬礼を取る。

「全霊を賭して、民により良き未来をもたらすことが出来るよう、尽力致します。王兄殿下」

その言葉に満足したサガルドゥは、頭を下げたまま彼が馬車に乗り込むのを待ちつつ、嬉しさに笑みを浮かべる。

――民にとって、か。

イースティリア・ウェグムンドは、この国の未来を任せるに足る男だと、サガルドゥは思う。

セダックとレイダックは、良い臣下を持った。

――王たる者には、両輪たる臣下が不可欠だからな。

ついぞ、サガルドゥには得られなかった存在である。

馬車を見送ったサガルドゥは、そのまま、セダックではない『もう一人の弟』に思いを馳せる。

幽閉になったとされているいいい彼と、最後に二人で言葉を交わしたのは、もう何十年も前の話だ。

『国とは王だ、兄上。優れた為政者がいなければ、国は沈む』

かつてそう口にした異母弟の顔を思い浮かべて、サガルドゥは目を細める。

——いいや、国とは民だ、シルギオ。その考えに変わりはない。

王は、独りでは王として立てない。

何十年経とうと、その思いは変わらないが……『国の為に、優れた為政者が必要である』という考えそのものは、今となっては受け入れられるように思えた。

片輪同士だった弟と自分が両輪たり得れば、違う未来があっただろう。

だが、全ては過ぎたこと、と思いながら、サガルドゥは独り、屋敷へ戻る為に踵を返す。

——君の考え方は、あの当時から少しは変わったかい？　シルギオ。

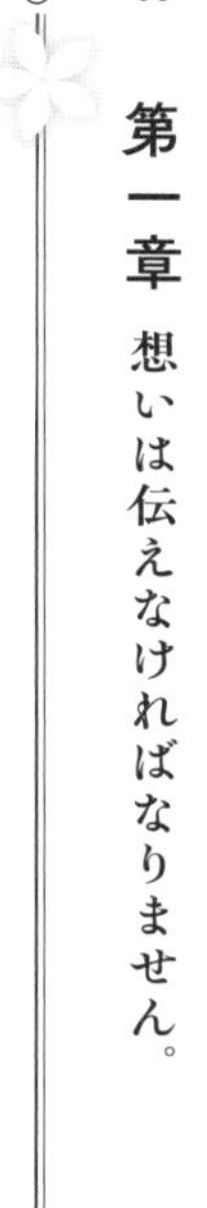
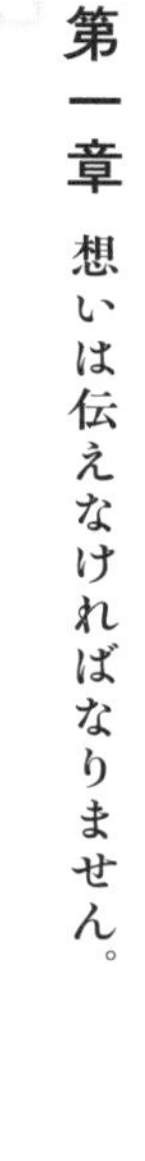

第一章　想いは伝えなければなりません。

「わたくしは昨晩より、少し考えていたことがございます」

「聞こう」

馬車の中で、イースティリア様といつも通りにスケジュールを確認した後。

彼が頷いたので、アレリラは一度深呼吸をした。

敬称のない呼びかけを口にするのは、まだかなり勇気がいることなのだ。

「……イース。貴方は以前、わたくしに、自分ではわたくしの喜びを引き出すことが出来ない、というような旨のことを仰いました」

「……ああ」

珍しく歯切れの悪い返事と共に、イースティリア様はどこかバツの悪そうな色を瞳に浮かべる。

アレリラが気にかかっていたのは、その点だった。

この旅行が始まる少し前から、何度か見受けられた兆候。

イースティリア様が普段とは少々違う様子を見せることがあり、違和感を覚えていた。

彼の中にある『自信』と呼べるようなものが、揺らいでいるような気がしていたけれど、その理由が不明だったのだ。

アレリラは、原因を自分なりに考えた。

幾つかの違和感のある様子は、全て嫉妬や悔しさといった、普段のイースティリア様とはあまり縁のない感情から来ているように思え。

基本的にそれを口になさるのは、アレリラに関する何らかの事柄が発生した時だった。

だから。


「この旅行でわたくしを喜ばせているのは、紛れもなく貴方です、イース」


そうはっきりと口にすると、イースティリア様が二度だけまばたきをする。

「貴方がいなければ、わたくしは今、この場にはおりません。この旅行が楽しいと、そして出会った人々の厚意を嬉しいと感じられるのは、イースがわたくしを見初めて下さったからです」

実際に足を運んで、見聞を広めることの重要性。

それは、イースティリア様からそう説かれ、実際に行うことで実感出来たもの。

人と同じものを同じように楽しみ共有すること、その行動に理解を示すことが、人との関わりにおいてどれだけ大切なことであるかも、教えてくれたのは彼なのだ。

そうでなければ、アレリラはボンボリーノと和解することも、アーハらと仲良くすることも、マイルミーズ湖を美しいと思うこともなかっただろう。

再び祖父の領地に足を運び、かつてない程の感動を覚えることも、きっとなかった。

他者にどれだけ、査察だ、仕事だと言われようとも、これは紛れもなく、アレリラとイースティリア様にとっては新婚旅行。

ならば、彼にも暗い感情に囚われることなく、アレリラ同様に楽しんで欲しいと……そう願うのは、間違いではない筈だ。

「全て、貴方がいてくれたお陰なのです。ですから、ご自身を卑下する必要はございません。再度言いますが、わたくしを楽しませているのは、イースなのですから」

そう言って、アレリラはいつもの硬質な表情ではなく、最近覚えた、心からの微笑みというものを浮かべてみせる。

相手がイースティリア様であれば、いつだってこの表情をすることが出来るようになったのだ。

「……イース様？」

話し終えた後、何故かポカンとした表情のまま固まってしまったイースティリア様にそう呼びかけると、彼は我に返った様子で小さく首を振る。

「ああ、いや、すまない」

それだけを口にして、今度は目元を手で覆ってそっぽを向いてしまう。

「イース様」

「少しだけ、待ってもらえないか」

「はい」

そうして、大人しく待つ間。

記憶にある限り、初めて見るその仕草の意味を理解しようと、アレリラはジッと彼を観察し。

——これはもしかして、照れておられるのでしょうか？

耳がほんのりと赤く、基本的に引き締まっている口元が緩み掛けているような気がした。

やがて手を下ろしたイースティリア様は、ほんの少し目尻を下げ、愛おしげにこちらを見て、言葉を紡ぐ。

「すまない。あまりの嬉しさに、この場で君を抱き締めて口づけたい衝動を抑えていた」

「……!?」

そんな風に爆弾を落とされて、今度はアレリラがピシリと固まる。

しばらく、お互いに気恥ずかしいような気まずいような、そんな空気が車内に流れ、ガタゴトと馬車の走る音と振動だけが響く中。

先に沈黙を破ったのは、イースティリア様だった。

「……アル」

「……はい」

「話は変わるが、君はロンダリィズ伯爵家の成り立ちについて、覚えているか？」

露骨に話を逸らそうとしているとアレリラは見当を付けたが、この気まずい沈黙を続けたい訳でもないので、話には乗ることにした。

「どの辺りから、でしょう？」

「ロンダリィズ家が、侯爵家から没落した辺りからだ」

「現当主であるグリムド様の、『本家』に当たる人物の代ですね。領地と財産の大半を没収され、侯爵家から子爵家に落とされた、と記憶しております」

「そうだ。原因は第二王子のシルギオ殿下だった。彼が何らかの失態を犯したことで幽閉され、サガルドゥ殿下が継承権を返上した。そしてシルギオ殿下の母君である側妃と、その生家にまで責が及んだ」

イースティリア様が、言葉を選んでおられるように感じた。

――王家の醜聞に当たる話だから、でしょうか。

今口になさった没落の経緯に関しては、記録には概要のみが記載され、内容の詳細は記されていなかった。

帝室の血縁関係上、祖父のサガルドゥ、セダック陛下、そしてミッフィーユの父に当たるモンブリン公爵については、王妃が産んだ王子である。

けれど、シルギオ殿下だけは側妃の子であり、その側妃がロンダリィズ侯爵家の令嬢だったのだ。

その当時から、ロンダリィズ家の家訓は変わっていない。


『貴族たる者、悪辣たれ。』


けれどその当時は真に悪辣であり、領民は重税に喘いでいたという。

ひたすらに富と権力を求め続け、贅を尽くした結果、ロンダリィズ侯爵家は第二王子の失態により没落。

降爵した爵位そのものも、本家筋から分家筋へと移譲された。

その時に爵位を継いだのが、グリムド様の父親に当たる人物である。


彼とグリムド様の努力により、ロンダリィズ家は変わった。


子爵まで落とされたにも拘らず、当時公爵家令嬢だったラスリィ様を家に迎え入れ。

グリムド様の打ち立てられた功績のみで陞爵(しょうしゃく)し、現在のような権勢を誇るようになったのだ。

領地こそ侯爵時代に及ぶべくもなく、子爵家の時代からもさほど広がっていないが……内情だけ見れば、今のロンダリィズ伯爵家の領民は、飢えるどころか豊かな生活を送っているだろう。

「そのお話が、一体どうなさいましたか?」

「爵位を下げ、当主すらすげ替える程の失態に関わったロンダリィズ伯爵家が、再びのし上がって今のような振る舞いを許されている理由が、おそらくある」

普通であれば、そのような罪を犯した貴族が、たった二代の短い期間に爵位を回復させることも、富を蓄えることも許される訳がないのはその通りだと、アレリラも思う。

帝室が直接手を下さずとも、周りの貴族や高位貴族がそれを許す筈がないからだ。

「それを覆すほどにグリムド様の手腕と功績が優れていたのだろうと、考えておりましたが」

「サガルドゥ殿下や帝王陛下の信頼を見るに、王家が関わっている話なのだろう。公爵令嬢の降嫁を認め、北との戦争の要となることを許され、国家間横断鉄道事業という前代未聞の事業に関しても認可が下りるとなれば」

「なるほど……」

失態を犯した貴族家を、それ程栄えさせても問題ない位に信頼出来る理由。

アレリラには、思いつかなかった。

王家周りの事情は複雑怪奇で、閲覧する権限のない文書も多く、認められる状況が予測し切れない。

単純に情報不足であることに加え、祖父が『遺失していた転移魔術』を操って動いていたという荒唐無稽な話も事実だったことを鑑みれば。

今回の件についても、そうした常識の範囲外の話である可能性も高いからだ。

「イース様は、その件について何かご回答がおありですか？」

「あくまでも推測だが」

「はい」

イースティリア様の口になさった言葉は、やはりアレリラにとっては荒唐無稽なものだった。

「王家の手の者が、ロンダリィズ伯爵家を内部から操っているのではないかと、考えている」

「爺や！」

エティッチ様に、背後からそう声を掛けられて、ロンダリィズ伯爵家の老執事ラトニは、笑みを浮かべて振り向いた。

「おや、どうなさいましたかな？　エティッチ様」

ロンダリィズの末娘は、クセの強い主家の中ではごく普通の社交性をお持ちの方だが、人懐っこい代わりに、親しみを感じた方や家の中での礼儀礼節が少々なっていない。

今も、年頃の娘だというのに軽やかに廊下を走って来ている。

が、それが公的な場での行動でなければ、ラトニはそういう部分を注意はしない。

女主人ラスリィ様の雷を何度落とされても変わらない以上、言っても無駄だからである。

「アレリラ様、いつ来るのかしら！　待ち遠しいですわぁ〜！」

頰に指を組んだ両手を当てて、きゃー！　と歓声を上げながらクルクルと回るエティッチ様の様子に、ラトニは笑みを浮かべたまま目を細める。

このロンダリィズ伯爵家において、エティッチ様は平和と幸せの象徴のような少女なのだ。

「三日後、とお伺いしておりますよ。ちなみに昨日は四日後とお伝えし、その前は五日後とお伝えしたと思いますが」

「待てないですわぁ〜ッ！」

「エティッチ様がお待ちになれなくとも、時間の流れる速さは変わりませんので」

「もう！　爺やは正論ばかりでなく、もうちょっと人の気持ちを考えた発言をすべきですわ！」

「これはこれは、失礼を」

ぷん、と頰を膨らませる彼女に、形ばかりの謝罪をする。

前当主の代から仕え、グリムド様とその三人の子の教育に関わっているラトニにとって、こういうエティッチ様をあしらうのも日常である。

「そんなんだから、奥様と離婚もするし、子どもも訪ねて来ないのですわ！」

「ははは、耳の痛い話ですな」

軽く答えたものの、元・男爵家の者たちが訪ねて来ない理由は、ラトニが嫌いだからではない。

とっくの昔に……爵位を剝奪された時点で、この世にいないからだ。

「爺や！　喧嘩の売り言葉ですのに、爺やはなんで買いませんの⁉　買うとお得ですわよ⁉」

「エティッチ様の仰ることが、事実ですので。そして喧嘩は安い買い物ではございません」

「何ですって!?」

「『時は金なり』と申します。『安物買いの銭失い』とも。喧嘩は、長引く程に高くなるもの……一例としてお尋ねしますと、エティッチ様は、ウルムン子爵と仲直りはされたのですかな？」

エティッチ様は、長く彼に怒っていた。

ラトニの見る限りお互いに憎からず思っているというのに、あのヘタレ子爵は『エティッチ様の相手が自分なんかで良いのか』と悩み始めたらしい。

その悩みを聞いて、エティッチ様が『そんなくだらないことで悩むなんて！　私のことが好きじゃないんですの!?』と大爆発していたのだ。

「仲直りしましたわよ！　土下座までして来たから許して差し上げましたわ！」

「させたのでしょうに」

話を逸らすために尋ねたものの、ラトニはその一部始終を知っている。

何度も手紙で謝罪しているのに許されなかったウルムン子爵が、ロンダリィズ伯爵家のタウンハウスまで訪ねて来た時、対応したのは自分である。

ドアの外で『本当に私のことが好きなら誠意を示しなさい！　傷ついたんだから！』と怒るエティッチ様の声を聞き。

その直後に『申し訳ありませんでした！』というウルムン子爵の声が聞こえ。

『土下座ですって……!?　そこまで私のことを……！』という、よく分からない感動をしているエティッチ様の呻きを聞いたからだ。

非常にくだらない上に、どちらもチョロい。

彼は将来的に、確実に彼女の尻に敷かれることだろう。

もっとも、ウルムン子爵は能力的には優秀で、根の部分は善良な人物である為、ラスリィ様は呆れながらも認めている。

当主グリムド様は、そもそもアザーリエ様の件でも分かるように『ロンダリィズの人間なら、自分の男くらい自分で捕まえてこい！』という人物である為、基本的には放置である。

「その喧嘩していた時間があれば、デートの一つでも出来たでしょう。それが出来なくなった。つまり『喧嘩は時を奪う』という意味で、非常に高いのです」

ラトニの言葉に反論出来なかったのか、悔しそうにムゥ、とむくれたエティッチ様は、不意に表情をコロッと変えて、不思議そうに首を傾げる。

「そういえば、爺やって離婚した後に好きになった人はおりませんの？　外出も仕事ばっかりで」

「あいにく、縁がありませんな」

彼女は知らないことだが、ラトニはそもそも宦官（かんがん）である。

ロンダリィズ伯爵家に執事として参じた時からそうである為、仮に夫婦となるような相手を見つけても子も生（な）せなければ、夫婦の営みをすることも出来ない。

そして仮に出来たとしても、それをしてはいけない理由もあり……何より、色恋沙汰には昔から微塵も興味がなかった。

「爺やは、面白くないですわね！」

「あいにく、悪の覇道を歩まれるグリムド様の側近に、その手の面白みは必要ございません」

「もういいですわ！　ああ、それにしてもアレリラ様の到着が待ちきれませんわぁ〜！　爺や、時間を早めなさい！」

「無茶を仰いますな。時が最も高価なものであると、先ほどお伝えしたつもりだったのですが」

主家の方々は、ラトニに対して一切遠慮をなさらない。

特にエティッチ様は、こうして話の脈絡すらも気にしないような甘え方をなさり、まるで家族のように扱われるので、困ってしまう面もないことはなかった。

平民の一使用人という立場を生涯貫くつもりであるというのに、ままならないものだ。

「爺やと話してても、ああ言えばこう言われるだけで楽しくありませんわぁ〜！　もう、薬草でも見て気を紛らわすことにしますわぁ〜！」

「行ってらっしゃいませ」

エティッチ様は、まるで幼児（おさなご）のようなワガママと話を一方的に捲（まく）し立てながら地団駄を踏んだ後、走り去ってしまう。

本当に、既にデビュタントを終えた淑女とは思えない振る舞いである。

またその内、ラスリィ様の雷が落ちることだろう。

それでも反省しない点や、自分が変わり者と気づいていない点が、『今』のロンダリィズであると感じる。

――アレリラ・ウェグムンド侯爵夫人……か。

ラトニは、一度エティッチ様を訪ねてタウンハウスに訪れた彼女の顔を、思い出す。

生真面目そうで、隙のない立ち振る舞いをしつつも、ロンダリィズの庭園に目を輝かせていたあの女性は……そう、一目見て分かる程に、ラトニの知る女性に似ていた。

性格も雰囲気もまるで違うが、確かにソレアナの血を継いでいると分かる、彼女。

あの日から、思い出すことが多くなった過去の記憶がまた浮かんできて、ラトニは目を細めた。

幕間 第二王子の行方。

——数十年前、サガルドゥ廃嫡直後。


新月の闇の中、コツ、コツ、と静かな足音が響いて来て、シルギオは薄く目を開けた。

魔力封じの石材で、部屋を囲った貴族牢。

その格子戸の向こうにランタンを片手に現れたのは……予想通りに、先ほどシルギオを断罪した兄、サガルドゥだった。

来ると思っていた。

こちらの狙いに気づいていたのなら、来ない理由がなかったからだ。

「兄上、やってくれたな」

シルギオの言葉に、ランタンが照らし出す瞳に冷たい色を宿した兄が答える。

「何の話だ」

「惚(とぼ)けるなよ。まさか貴方が、自分を廃嫡に追い込むなどと誰が思う」

シルギオは、兄と同じ色をした瞳で彼を睨みつけた。

「今からでも考え直せ、兄上。貴方はこの国に必要な人だ」

「沙汰は降った。父が前言を翻すことはない。君が知る通りに」

その迷いのない言葉に、思わず舌打ちが出た。

兄とシルギオは、異母兄弟である。

【紅玉の瞳】を持って生まれたことから、シルギオは王位継承権第二位である。

しかし母は側妃であり、シルギオが帝王の座を得る目はそもそもなかった。

血統と才覚、人望……その全てにおいて、自分を上回る兄がいるのだから。

もし彼がおらずとも、正妃の次男であるセダックを支持する者の方が多いだろう。

母の生家であるロンダリィズ侯爵家は、その悪辣さ故に評判が最悪だからだ。

それでも容赦無く民から税を搾り取って得た財力と、手段を選ばず確実に戦場で勝利をもぎ取る勲功で、側妃を輩出するまでに成り上がった家だった。

シルギオは、そんな家の傀儡として生まれ落ちた。

玉座に置いて、ロンダリィズが権力の頂点に立つ為に。

「内乱を阻止する為に動いた結果がこれでは、俺が手を汚した理由がなくなるだろうが」

ロンダリィズは幾度も、兄やセダックの命を狙っていた。

やがては、まだ幼く外に出ていない末の弟モンブリンも、同じように狙われるだろう。

「何故、こんな愚かな方法を選んだ？　自らをも巻き込むような愚策を」

そんな兄の今更すぎる問いかけに、シルギオは鼻を鳴らす。

「俺が一番邪魔だからだ。分かりきった話だろう」

言いながら、自分の目元を指でなぞる。

「この忌々しい色の瞳がなければ、俺とてこんな真似はしなかった」

対外的に公表はされていないが、バルザムの王位は【紅玉の瞳】を持つ者のみが継げる、という掟がある。

この瞳を持つ者以外が王位を継ぐことになれば、帝都の奥深くに封じられている災いが目覚める、という伝承があるからだ。

その伝承も、帝室と上層部のみに言い伝えられており……危険なロンダリィズの血筋でありながら、帝王がシルギオを放置していた理由だった。

だから――――放置出来ないようにしてやったのだ。

「ロンダリィズがどれ程、今後の帝国に害となるか。まさか分からない兄上ではなかろう？」

奴らとシルギオを放置する理由が、侯爵家の功績と【紅玉の瞳】にあるというのなら、シルギオ自身が失態を犯して消えれば、全て解決する。

「だからこそ兄上は、俺が仕掛けた策には乗った。違うか？」

シルギオの問いかけに、兄は答えないままに話を変える。

「……君の御母堂が死んでいるのが、先ほど見つかった。どうやら毒杯を呷ったようだが」

「おやおや、自分の悪事がバレて息子が幽閉の憂き目に遭い、世を儚みましたかね？」

質問に答えないのであれば、こちらもまともに取り合ってやる必要はない。

そうとぼけてやると、兄は表情を険しくする。

「君が殺したのだろう」

「何の話ですかね？」

シルギオは、兄の表情が歪んだのを見て、逆に笑みを浮かべる。


――『貴族たる者、悪辣たれ。』


あの女もロンダリィズの縁戚連中も、そんなクソふざけた家訓の通りに、腐った性根を持っている連中だった。

正妃の子を皆殺しにしてシルギオを王位につけようと画策する女が、自殺などという殊勝な真似をするとは、誰も信じはしないだろうが……どうせ、表向きはそう処理される。

「ククク。そう睨むな、兄上。そもそも何が事実であろうと、いずれ父上や貴方によって奴らは粛清されただろう？　遅いか早いかの違いでしかない」

「何故、その時を待てなかった。ソレアナを犠牲にする必要などなかった筈だ」

「あったから、やったのだ。ロンダリィズの連中は、北と内通していた。北の要である侯爵領を素通りさせられ、ロンダリィズの兵と共に帝都を襲われれば、いかに父上と兄上とて苦戦を強いられるだろう？」

「……それは、事実か？」

シルギオの言葉に、兄は険しく眉根を寄せた。

「北との内通を任せた捨て駒が、オーソル男爵家だ。この情報を上手く使って、叩き潰すといい」

「そこまで、するのか。奴らは」

「ロンダリィズの腐り具合をナメるなよ。私がソレアナに行ったことなど、可愛いものだ」

そもそもシルギオからすれば、兄を排して自分を王に立てるなど、愚策中の愚策。

どちらがより帝国を発展させうるか、王として優れているかなど、比べるまでもない。

我欲の為に玉座を奪おうと画策するなど、許されて良いことではないのだ。

そしてシルギオは、兄には劣っても、ロンダリィズの中では優れているという自負がある。

幼い頃から呪詛のように吐き出される『帝位を狙え』『民から富を搾り取れ』という言葉の愚かしさが、理解出来てしまう程度には。

「『貴族たる者、悪辣たれ。』だ、兄上。愚か者どもに嫌気が差した俺が、ロンダリィズの家訓と血に従って、そう振る舞った。それだけのことだ」

すると、シルギオの言葉をどう思ったのか。

兄が、憐れむような、あるいは寂しげな表情をして、呻くように口にする。

「……それでも、君ならソレアナを犠牲にしない方法を取れた筈だ」

「犠牲になどしていない。目を逸らすな、兄上。今の話を聞いた以上、分かっている筈だろう」

もちろん、利用はした。

だが本人の意思がどうであれ、助けてやる見返りと考えれば安いものだろう。

わざわざロンダリィズから与えられたソレアナの出自を、調べない訳が無い……自分のオモチャとして充てがわれた彼女は、元々娼婦として暮らしていた。

あのまま『オーソルとの契約の証に好きに抱け』と言われたシルギオが手を出さなかったところで、役立たずとして、運が良くとも元の生活に逆戻りだ。

その前に戦争が始まってロンダリィズの悪事が表沙汰になれば、父上と兄の怒りに触れ、オーソル男爵家ごと無事では済まない事態になっただろう。


元々捨て駒であるソレアナは、一族郎党処刑の嵐に巻き込まれて、最悪死ぬ羽目になった。


もし仮にシルギオが父上に暴露と同時に訴え出たところで、結果は変わらない。

素性の明かされた、娼婦出身の平民に近いような小娘一人に温情を掛ける程、父上は甘くない。

兄の廃嫡と同様、決断を覆すことはなかっただろう。

だが、今回のような形であれば。

もう少しの間、男に抱かれる仕事をするだけで、心優しい兄上から一生生きるに困らないだけの財産を与えられるのだ。

誤算だったのは、彼女が財産を兄上ごと手に入れた点だけである。

「帝国に害をなす愚鈍どもに利用された、哀れな女だ。命まで奪う程の罪はなかった」

「君の御母堂には、あったのか？」

「当然だろう。兄上がご存じかどうかは分からないが、ロンダリィズの当主である祖父も、既に始末してある。今なら混乱につけ込みやすいだろう」

兄は、その言葉に唇を引き締めた。

しかし彼が何かを言い出す前に、シルギオはさらに言葉を重ねる。

「ああ、あれが身籠った子に関してだけは安心しろ。形ばかり抱いたが、精は吐いていない。俺だけでなく、テナルファスもな。ほぼ確実にチーゼの子……紅玉を持って生まれることはない」

チーゼ・イントア伯爵令息だけは、本気でソレアナに惚れていた。

イントア伯爵家はロンダリィズ派だったので、息子の不祥事で勢いを削ぐのに好都合だったから、こちらに引き入れたのだ。

――罪悪感で苦しむくらいなら、最初から誘いに乗らなければ見逃してやったがな。

選んだのはチーゼ自身である為、そこに関してはもう知ったことではない。

だから、自らとロンダリィズを表舞台から退場させようと画策したシルギオの誤算は、ただ一つ。

「国とは王だ、兄上。優れた為政者がいなければ、国は沈む。そしてこの帝国において、貴方ほど国の礎に相応しく、優れた為政者たり得る者は、この先百年現れぬだろう」

王族の務めは、帝国を繁栄させること。

その為に邪魔なモノは、全て排するのだ。


母も、ロンダリィズも——自分自身も。


なのに。

「ソレアナという民ただ一人の為に、兄上が己を盾とする必要はなかった。兄上は、一人の民と帝国全てを秤にかけて、見捨てたのだ」

「見捨ててなどいない。そして、ソレアナに後ろ盾は必要だ。彼女が宿したのが君の子ではないとしても。掟を知らず、野心に曇った者達が、必ず彼女を利用しようと現れるだろう」

兄は、引かなかった。

「彼女を放置すれば、別の者に利用され、玉座を巡る争いがより混迷を極めるだけだ。……それに、シルギオ。国とは王ではない」

彼は、悲しげな表情のまま、シルギオを否定する。

「国とは、民だ。いかに上に立つ者が優れていようと、住まう民の信任がなければ、国は成り立たないのだよ」

「信任？　民を従え『国』として纏めるのが王だろう。優れた為政者がいなければ、それは国ではない。ただの〝人の群れ〟だ」

「いいや。いずれ民は、民自身の選んだ者の手で、国を治めるようになるだろう。あまり民を侮るな、シルギオ」

兄は、さらに予想外の言葉を口にした。

「そして、我はいかに優れていようと王たり得ぬ。……我が民の信なき者であることを、君自身が証明したのだからな」

「何だと？」

「そんな君には、幽閉で自己満足に浸ることは許されない。ロンダリィズが間違っていると思うのなら、君が正せ」

「何の話をしている？　俺が証明したとは、どういう意味だ？」

シルギオは話を戻そうとしたが、兄はそれに関して答えず、またも勝手に話を続ける。

「子爵に降爵されるロンダリィズの当主は、傍系のオリンズ・ロンダリィズが継ぐことになる。あの家で、我が唯一信頼に値すると思った人物だ」

「オリンズ……？」

苛立ちながらも、シルギオは話に付き合うことにした。

兄が口にしたのが知らない男の名であり、僅かながら興味が湧いたからだ。

傀儡として帝位を継ぐことを求められていたシルギオですら、ロンダリィズの家で会ったことがあるのは分家の当主まで。

兄がどうやって、そのオリンズとやらと知り合ったのかは分からないが、それを尋ねる前に、兄がさらに言い募る。

「シルギオ。宦官となり、名を変え、瞳の色を隠し、オリンズに仕えよ」

「俺を自由にし、外に出すというのか？　子を作る能力を奪う以外の罪も与えずに。……兄上。貴方たちの考え方なら、それは民らとソレアナに対する裏切りではないのか？」

「王族の務めは、帝国の未来を考えることだと、君が言ったのだろう。帝国の未来を思い、行動したというのなら――――『死』に逃げることを、我は許さぬ」

兄が、あの御前での断罪の時と同様、有無を言わせぬ覇気を纏う。

「その優れた力を、帝国の為に生かし、尽くせ。我は慈悲を与えようと口にしているのではない。その生涯、老い朽ちるその瞬間まで帝国の為に生きよと口にしているのだ。それが、君への罰だ」

「……！」

覇気が消え、そのまま背を向けて去ろうとする兄に、シルギオは焦る。

「待て、兄上！　俺が帝国の為に生きるのは構わん。だが、本当に考え直せ！　父上を説得しろ！帝国の未来に、帝王である貴方は必要なのだ！　民の信がないとは、どういう……」

「……シルギオ」

足を止めた兄は、首だけ振り向いた。

ランタンで照らされたその瞳に、今までで最も悲しげな色が宿っている。

「我が、王に相応しいと言うのなら……何故最も近しい『民』であることを選んだ君は、大義の為に外道に堕す前に、我に相談しなかった？　共に策を考えれば、『王』がより良き道を君に示してくれるとは、考えなかったのか？」

その言葉に、シルギオは絶句した。


――俺、が？


兄の言う、民の信なき、というのは。

『シルギオ自身が兄を信頼していない』という意味に、取ったのだ。

「違う、兄上、俺は！　血腥（ちなまぐさ）いロンダリィズの問題に、俺の策略に、貴方を巻き込むつもりがなかっただけだ！　信用していなかった訳ではない！」

「……」

「兄上ッ！」

今度こそ、兄が去る。

シルギオはしばらく立ち尽くした後……すぐ側にあったベッドに、どさりと腰を落とした。

「……何が、民だ」

シルギオという『民』が兄を信頼して相談しなかったから、王として立たない、などと。

「……何よりの罰じゃないか、クソが……！」

ぐしゃりと両手で髪を握り締め、呻く。

シルギオの望みは、兄の覇道から邪魔者を排すことだった。

兄が帝位を継がぬのなら、それらを全て無駄だったと、言われたに等しい。


——俺は、間違ったのか？


相談し、正攻法でロンダリィズの罪を明らかにしたところで、今以上に良くなったとは思えない。

奴らを処罰する前に、体裁を捨てた奴らに反逆されるだけだったのは、目に見えている。

だから、油断している隙に殺してしまうことこそが、最良だと思ったのだ。


——それでも……それでも、相談すべきだったというのか？


絶望に沈んだのは、ほんの少しの間。

「……テナルファス」

「御意」

声が聞こえた方を見ると。

おそらくは、近くの貴族牢に囚われていた筈のテナルファス・ハルブルト伯爵令息が、当たり前のように格子の嵌まった窓の向こうに立っていた。

ハルブルト伯爵家は〝影〟の家系だと、以前シルギオは彼自身から聞いた。

本来なら帝王にのみ仕える筈のその家の中で、テナルファスもまた異端だった。

――『自らの仕える主人は、自ら定める』と。

何故かハルブルトの秘密を、貴族学校で仲良くなったシルギオに明かし、生涯の主人とすると口にしたのだ。

今回のロンダリィズ当主及び側妃である母の暗殺に関しても、〝影〟の当主一家として内情に通じる彼の手を借りた。

「……俺はロンダリィズの執事になるらしい。お前に死を命じながら、自分は生き永らえる」

シルギオは自嘲の笑みを浮かべる。

「すまないな」

「謝る必要はありません。貴方が決めたことに、私は従うだけです」

シルギオは兄の言う通り、幽閉された後は、これ以上利用されぬよう自殺するつもりだった。

そして後のことを、彼に託したのだ。

おそらくは奴隷騎士に落とされるだろうテナルファスに、軍部で帝国に不満を持つ者を探り出し、時間をかけてその信頼を得てから……『貴族の地位を剝奪された恨み』という名目で連れ出して軍を離反しろ、と。

その後、わざと情報を上層部に流し、追撃を受けて不穏分子を一網打尽にする。

最後まで仕えると言った彼に、死への道のりを歩くよう命じたのだ。

シルギオと共に既に断罪される前であれば、まだ間に合ったが……今更、テナルファスだけ『罪』を帳消しにしてやることは出来ない。

「生きたければ、出奔して好きに生きてもいいぞ」

「特に、命に執着はありません。ご命令通りに動きます。……我が主に、ご多幸を」

それだけ告げて、テナルファスは姿を消した。

後に、彼が計画通りに軍を離反してチーゼ・イントアに討たれたと聞いた。

その為に襲ったのが、兄が留守にしているタイア領だったと聞いて、最後の最後まで恨まれ役として手を抜かなかった彼に初めて敬意を覚えた。

同時に、忠実であった彼を差し置いてのうのうと自分が生きていることに、葛藤を感じた。

だが、こうした苦しみを受け止めることこそが兄の与えた罰である以上、シルギオに死という選択肢は残されていない。

「そうして……この歳まで生きてしまいましたよ、オリンズ様。そしてテナルファス」

シルギオは……抹殺されたソレアナの父、ラトニ・オーソルの名を与えられて、未だロンダリィズ伯爵家に仕える老執事は。

領地にいる間は毎日欠かさず、先代主人の墓と……その近くに小さな石を置いただけの、亡骸すら入っていないテナルファスの墓を掃除し。

最後にロンダリィズ邸の庭で摘んだ花を添え、昨日置いたものを片付ける。

——やはり、優れた為政者は必要ですよ、兄上。

辣腕の先代当主、破格の今代当主によって幸福に包まれたロンダリィズ伯爵家と。

主人である自分が不甲斐ないせいで死んだテナルファスを鑑みれば、その思いは揺るがない。

——ですが、国とは民であるという言葉の意味も、今なら分かります。

オリンズ・ロンダリィズ、そしてグリムド・ロンダリィズという、誰よりも領地の民の為に身を粉にする主人らの姿を長年見ていれば、その意味するところは嫌でも悟らざるを得なかった。

『やぁ、君がラトニかい？　君の兄から事情は聞いているよ』

幼いグリムド様を腕に抱いたオリンズ様は、最初に出会った時にそう口にし、規模を縮小された領地にシルギオを案内した。

そこにあったのは、度重なる重税と領民の逃亡によって、荒れ果てた領地だった。

『これから、この土地を立て直すのはひどく骨が折れるけど』

絶望的な状況を前にしても、オリンズ様は笑っていた。

『僕はね、ロンダリィズの家訓に、誰よりも従ってやるつもりなんだ』

『『貴族たる者、悪辣たれ。』ですか？』

『そう。ただ、最後に色々付け加えさせて貰おうとは思ってるけどね？』

屋敷に戻って、当主の部屋に飾られていた家訓を外したオリンズ様は、手にペンを持って余白にサラサラと言葉を足す。

『どう？』

『……なるほど』

『凄く良いだろう？　ロンダリィズの家系は代々性悪だから、悪になるなと言っても無駄だと思う。だから、こういう方向で思いっきり、貴族的な意味の悪に育てるんだ。ラトニには、末長くその手伝いをして欲しい』

『……仰せのままに』

ラトニが慣れない姿勢と言葉遣いで頭を下げると、オリンズ様は満足そうに頷いた。
『宜しく頼むよ、未来の帝国を、より良くする為にね』
ロンダリィズの家訓の第一条は、その時から少しだけ変わった。
『貴族たる者、悪辣たれ！　――労働を行うことは最大の悪である！　働け！』
に。

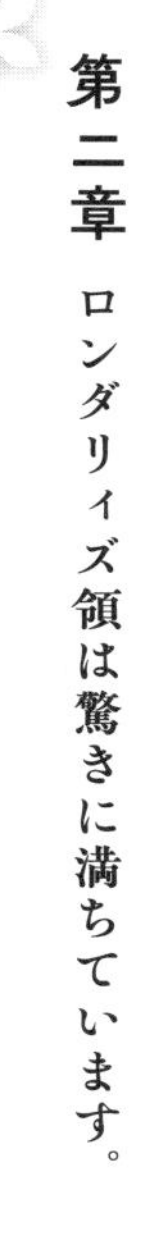

第二章 ロンダリィズ領は驚きに満ちています。

「ここが……ロンダリィズ本邸……」

イースティリア様の手を取って馬車から降り立ったアレリラは、その景色に感動していた。

道中の田畑が広がる景色そのものは、ペフェルティ本邸の周りに似ている。

違う点は、植林地や山が多めだった向こうとは違い、どこまでも平野が広がっていることだ。

畑では、一部あまり見たことのない穀物であったり、薬草であったりが栽培されていた。

また知識のみの話にはなるけれど、ロンダリィズ領では、多少肉質が固いが成長が早くなる品種改良に成功した畜産業、腐りにくく長距離輸送に適した魚を養殖している水産業等も行っている。

それらの事業全てを成功させ、同時に新たな品々の量産や開発をずっと続けているのが、この領地なのだ。

そして、感動の最大の理由は。

屋敷からの迎えを待つ間、アレリラが屋敷の左奥にある庭に目を向けると、以前タウンハウスに訪れた時に見かけたものに似た、おそらく魔導具や魔術の研修施設らしき建物などが見えたから。

おそらく、ロンダリィズ一家が多くの時間を過ごす領地の方が、タウンハウスよりも様々な物品や資料が揃っている筈である。

タウンハウスへは別の要件で向かったので訪れられなかったけれど、あの中を見学出来る機会が得られると嬉しい、と思ったアレリラだったが。

その近くの小屋にヒーリングドラゴンが一匹寝そべっているのを見つけ、少々気を引き締めた。


——流石に、動きが速いですね。


ロンダリィズ領は知識と多様な生産物の宝庫である点は魅力的で、領主一家としては見習うべき点も多いけれど、同時に帝室に仕える宰相秘書官としては危険な一面もある。

ヒーリングドラゴンも、ウルムン子爵を身内に迎え入れるならその技術ごと取り込もう……といったところなのだろうけれど、流石に、医療や軍備などに幅広く恩恵をもたらす【生命の雫（エリクサー）】の生産技術が寡占に近くなるのはいただけない。

アレリラは『ロンダリィズは全てに対して貪欲』という言葉の意味を、改めて噛み締める。

そして、周りを見回して気づいたことがもう一つ。

「……屋敷周辺の重要性に反して、警備が薄いように思えますね」

「そうだな」

アレリラが呟くと、イースティリア様が静かに頷いた。

屋敷の周りに立つのは石壁ではなく鉄柵で、田畑の間に立つ民家が、貴族の住む家とは思えない程に近く見える。

もちろん警護の見張り番はいるけれど、それでも、アレリラ達が引き連れてきた護衛の方が多い。

屋敷の他に、周りに大きな建物がないのもそう感じる理由の一つだと思うのだけれど。

「この状況は、侯爵家時代からそうなのでしょうか？」

「いや。ここは、元々侯爵時代に本邸があったのとは別の土地だ。先代当主のオリンズ氏の代に、自身の生家があった地域に中心地を移している」

「それにしても、領主一族が住む屋敷がここ一つしかないというのは、不可解では？　ロンダリィズ伯爵家に分家が少ないのが理由でしょうか？」

「おそらくは。この屋敷に住んでいる者以外は、各産業の拠点に居を構えている筈だ」

ロンダリィズ伯爵家の一族が少ないのは、降爵時の粛清で数を減らした以上に、現当主であるグリムド様の暴走が原因だと言われている。

北との最後の戦争が始まるよりも前、グリムド様の当主継承直後に起こった〝強欲の殺戮〟と呼ばれる事件。


侯爵時代の本家筋に近かった家は、その時にほぼ壊滅した。

現在よりもなお当主の権力が強く、『領地内で一族の起こした問題は当主の裁量で解決する』のが主だった時代から、法整備が行われる過渡期だった為、グリムド様は裁かれなかった。

一応、粛清理由を聴取した記録があるけれど、そこに記されていた理由はただ一つ……『俺のものをどんな風に扱おうと、俺の自由だ』というものだった。

しかし実態はともかく『帝国内の全てのものは帝王陛下の所有物であり、領主は貸し与えられているだけ』という建前だけは当時から存在したので、ロンダリィズの被害を被った者の一部や、分家の恩恵を受けていた者たちが、グリムド様に罰を与えるよう嘆願したとされている。

しかし、同じくロンダリィズの被害を被った者の大半は、グリムド様に喝采を送ったという。

それも、彼がこの世から消した者たちが、軒並み侯爵家時代の有力者だったからだろう。

全ての経歴を考慮した上で、新年の夜会などでのグリムド様の立ち振る舞いを見ているアレリラには、彼が『苛烈で横暴な面のある人物だ』という印象があった。

直接会話を交わした訳ではないので、あくまでも印象だけれど。

「迎えだな」

馬車を降りてから、今で二分程。

屋敷から姿を見せたのは、タウンハウスで見かけた老執事、ラトニ氏だった。

「宰相閣下、そしてアレリラ夫人。大変お待たせ致しまして誠に申し訳ございません」

「さほど待ってはいない。ロンダリィズ伯爵はご在宅だろうか」

「ええ、ですが今、少々手が……」

と、ラトニ氏が言いかけたところで、門番をスルーして子どもが屋敷内に走り込んできた。

帝都から連れてきた護衛たちが、一斉に警戒を最大限に引き上げて武器を構えようとするのを見て、ラトニ氏が呼びかける。

「ご安心を、護衛方。いつものことにございます」

静かだが、有無を言わせぬ迫力を奥底に秘めた制止。

本来ならあり得ないことの筈だけれど、近衛の二人を含む全員の動きがその一言で止まる、のと同時に。

「ラトニのおっちゃーん！　野菜持ってきたぞ〜〜〜っ！」

と、頭の上にカゴを掲げた日焼けした少年が、大きな声を張り上げてラトニ氏に走り寄る。

「ベックス、いつもありがとうございます。ですが、今は少々取り込み中です」

「え？　ああ、お客さんか？」

ベックスと呼ばれた少年は、物々しい武装をした護衛を見ても怯んだ様子はなかった。

キョトンとした顔でこちらを見回してから、すぐにラトニ氏に視線を戻して、野菜が満載に入ったカゴを押し付ける。

「カーチャンに言われてこれ届けに来ただけだから、すぐ帰るよ！　お客さんたちも、ゆっくりして行ってな〜！」

相手が貴族だったり騎士だったりするのに、全く気後れした様子も遠慮もなく、快活な笑顔でブンブンと手を振るベックスに、アレリラは思わず手を振り返していた。

そして彼が、来た時と同じ勢いで走り去った後、ラトニ氏がカゴを抱えたまま頭を下げる。

「申し訳ありません、お騒がせ致しました」

「いえ。少々、驚きましたが」

イースティリア様は何を思ったのか、ラトニ氏に鋭い目線を向けている。

あの少年は、確実に平民だろう。

それが、領主の屋敷に自由に出入りし、あのように振る舞っているのだ。

アレリラも信じられない光景を目にして、少々唖然としていた。

「ロンダリィズ領は、治安が良いようだ」

「我が主家は羽振りこそ良いですが、領地は然程広くありません。この近隣の者たちは皆、顔見知りでございますから、外部からの侵入者はすぐに分かりますので」

イースティリア様は嫌味を口になさった訳ではないけれど、ラトニ氏は暗に警備体制についての返答をした。

「そして、誰よりも彼らと顔見知りなのが、当主にございます」

「なるほど、それがロンダリィズの方針か。個人的には、素晴らしいことだと思う」

「宰相閣下の広い御心に感謝を。今から当主に取り次ぎますので、ご足労ですが、こちらへお願い致します」

野菜のカゴを脇に控えた侍女に手渡して再び頭を下げた老執事は、屋敷の中へと足を向ける。

そうしておそらく当主の執務室らしき部屋が見えてきた辺りで、ドスの利いた大声が聞こえた。

「何だぁ？　するってぇとテメェらは、この俺の言うことが聞けねぇってことか？　あぁ!?」

と。

ラトニ氏は『お気になさらず』というように目線をこちらに投げた後、静かにドアを開ける。

すると、粗野な雰囲気を纏っている男、グリムド・ロンダリィズ伯爵がそこに並ぶ農民たちをギロリと睨みつけている光景が見えた。

獅子の鬣のように奔放な髪と、この場の誰よりも日に焼けた筋骨隆々の体を持つ偉丈夫である。

「いいか、テメェら」

ビクリと身を震わせる農民たちに対して、こちらを気にもしていないグリムド様は、さらに唸るような声を絞り出した。

「この領地は俺のもので、テメェらの命も俺のもので、命令に逆らうことを許した覚えもねぇ。ふざけた陳情して来てんじゃねぇぞ!?」

「御当主様。言葉遣いはともかく、恫喝はお控え下さい。相手を萎縮させるのは、話し合いではございません」

ラトニ氏が、先ほどまでと全く変わらぬ静かな様子で声を掛けると、農民たちが振り向いてホッとしたような表情を浮かべる。

すると、グリムド様が不機嫌そうな様子ながら口をつぐんだのを見て、彼は穏やかな微笑みを浮かべたまま、農民たちに目配せをした。

すると、農民代表であるらしき老人が口を開く。

「ぐ、グリムド様に逆らうつもりなど、私どもには毛頭ございません！　ですが……さ、流石にグリムド様お一人に畑の世話をお任せして、毎年毎年、我々だけが休むなど……！」

「俺より貧弱なクセに、何言ってやがるッ！」

どうやらかなり短気らしいグリムド様は、そこまで聞いたところでドン！　と机を叩いて、再び吼えた。

「今は収穫も終えた休閑期で、残ってんのは薬草畑と万年麦、それに畑を休ませる作業と諸々の仕分けだけだろうがッ！　テメェらは、俺の命令がない限り、寿命と病気以外の理由で死ぬことすら許されねぇ立場だってことを忘れてんじゃねーぞ!?　元気だから働くってんなら、帰ってきた後に収穫祭で気張れや！」

「そ、その収穫祭の下準備も、ほぼお一人でなさるのでしょう……？」

「当然だ!!」


——何が当然なのでしょう？


そのやり取りを傍から聞いていたアレリラは、意味不明な言い合いに混乱していた。

察するに、傍若無人な物言いをしている割に、命じているのは農民たちへの休暇らしい。

「いいか！　この、領、地、で、一、番、の、悪、は、俺、だ、ッ、！」

グリムド様は、再びドン！　と机を拳で叩く。

「一番偉（えれ）ぇのは俺で、一番強（つえ）ぇのも俺で、一番賢（かしけ）ぇのも俺で、一番働くのも、俺なんだよッ！」

その言葉に、農民たちの顔がひきつる。

「だからテメェらは休め！　分かったな!?」

「グリムド様……！」

そんなやり取りを聞いていると、イースティリア様が囁くような声音で問いかけてきた。

「どう思う？」

「大変……個性的な考え方かと」

同じく囁くような声音で答えを返すと、彼は小さく首を傾げた。

「他には？」

「一応、一貫性のある思考かと。少なくとも、誰も不利益は被（こうむ）っておりません」

——理解はし難いですが。

そもそも、何故『悪』であることが重要なのか、という部分が、アレリラにはよく分からない。

しかし、イースティリア様は小さく一つ頷くと『同感だ』とだけ口になさった。

その間に、どうやら堂々巡りになっているらしき会話に、ラトニ氏が静かに割り込む。

「農民の皆様がた。そして御当主様も、少し落ち着かれませ」

ラトニ氏が声を掛けると、また全員が口をつぐんだ。

どうやら、彼の言葉だけは全員が聞くらしい。


「御当主様の仰る通り、この領地一番の『悪』は、御当主様でなければなりません」

――――は？


穏やかな口調でこの場を収めるはずのラトニ氏までもが、妙なことを言い始める。

「そして実際に、お一人でその『悪』を成すだけの力が、御当主様にはございます。また、おそらくは魔王獣に襲われたとて逆に狩れるだろう頑健な肉体もお持ちで、それが一番の取り柄ですし、短気でワガママですが無能でもございません」

さりげなく失礼な物言いである。

どうやらラトニ氏も、ロンダリィズ伯爵家に近しい分、一筋縄では行かない人物のようだ。

そこで一歩前に進み出たラトニ氏は、さらに言い募る。

「ですが、皆様がたが、毎年この時期に自分たちだけ休暇を取るのは気が引ける、というのは、主張として理解出来ます。なので、こう致しましょう。本来なら数人で赴く、収穫祭前の帝都への買い出しの期間を、今回は少し長く取ります」

何を言い出したのか、と訝しんだ様子の農民たちに、ラトニ氏は微笑みと共に伝える。

「ですから、妻子や家族を連れて、全員で行ってください」


「え……？」

「特別手当を出しますので、無理をせぬ程度に、ゆったりと観光等もなさるとよろしい」

「買い出しに、全員で……？　で、ですが、帝都までの道中は危険な道もありますし……」

「飛竜便の使用許可を出しましょう。数度往復する必要はございますが、安全に向かえます。伯爵家の管轄ですので、代金は無料です。如何ですか？　御当主様」

「良い案だ！」

「では」

聞くだけでも膨大な費用が掛かりそうな提案を即決したグリムド様に、ラトニ氏はまるで最初からこうするつもりだったかのように、懐から取り出した金貨の袋を代表の老人に預ける。

買い出し、と言っているが、実質はどう考えても休暇旅行としか思えない提案である。

「こ、こんなに、いただけるので……!?」

「購買資金に、少し色をつけておきました。余った分は宿代や食事代など、ご自由にお使い下さい」

袋を覗き込んだ老人の驚きに、ラトニ氏はニコニコと頷いた。

大きさと膨らみ具合から、袋には、もし飛竜代をそこに含めても、なお余裕がありそうな金額が詰められていることが察せられる。

「これは賄賂（わいろ）でございます。代わりに、御当主様の悪事や金銭の出どころを、帝都に行っても決して口外なさらぬよう、よろしくお願い致しますね」

どうやらグリムド様に見えないように顔の角度を変えたラトニ氏が、農民たちに対して片目を閉じてから、そっと後ろに下がった。

そして改めてグリムド様に向き直ると、さらに口を開く。

「御当主様。頭ごなしに相手を否定し、領民に全く働かせないというのは一流の『悪』がすべきことではございません。一番働くのは御当主様、そして二番目に無理せぬように働くのが領民にございます。それでよろしいでしょう？」

「ああ、多少働くのは許してやる！　だが、絶対に無理はするなよ！　死んだり怪我したり行方不明になったりしたら、どーなるか分かってんだろうな!?　テメェらは俺のもんなんだからな！」

「じゅ、重々承知しております……」

「では、話し合いは終わりということで」

ラトニ氏は、それ以上の反論をさせないようにか、さっさと話し合いを打ち切った。

まだ納得いかない様子の農民たちが去ると、グリムド様がニィ、と笑みを浮かべる。

「やっぱりラトニは流石だな！　これで今年も、俺が誰の目から見ても一番の『悪』だ！」

「お褒めに与りまして、誠に光栄でございます。御当主様の次に悪巧みに秀でておりますのが、私めですので」

「ガッハッハ、悪いことをするのは気持ちがいいな！　よし、俺は畑に行くぞ！」

「御当主様、お待ち下さい。先日お伝え致しましたが、賓客がこちらに足を運んでおられます」

「あん？　おお、誰かと思えばイースティリアじゃねーか！」

「ええ、お久しぶりです」

本当に気づいていなかったのか、それともトボけているのか。

グリムド様がようやくこちらに目を向け、平然とイースティリア様を呼び捨てにした。

「横の女が、お前の嫁か!?」

「はい。妻のアレリラです」

「ご紹介に与りました、アレリラ・ウェグムンドにございます。この度は宿泊を快諾いただき、誠にありがとうございます」

相手の地位が伯爵である為、侯爵家の人間であるアレリラは淑女の礼は取らず、手を前に揃えたままピシリと頭を下げる。

「ほぉ？」

ジロジロとアレリラを眺め回したグリムド様は、顎を撫でてからイースティリア様に目を向ける。

「良い女だな！　有能そうだ！　うちで引き抜いても良いか!?」

「良いわけがないでしょう。万一にもないとは思いますが、誘拐などなされればウェグムンド侯爵家の全兵を挙げて伯爵領に攻め込みますよ」

「ガッハッハ！　そんなチンケな悪事を働くわけねーだろうが！」

イースティリア様が軽口の類いを口になさったことから、もしかしたらお二人は親しい間柄なのかもしれない。

王太子夫妻とアザーリエ様が幼い頃から懇意になさっていた筈なので、もしかしたらその繋がりで、グリムド様もイースティリア様を幼い頃からご存じである可能性があった。

彼の夫人であるラスリィ様は、直系公爵家のご出身だからだ。

「まぁ喧嘩になったら負けやしないが、諦めてやるよ！　ここにいる間は好きにしてて良いぞ！」

「お言葉に甘えさせていただきます」

「じゃあ、俺は畑に行ってくるからな！　ラトニ、相手しとけ！」

「仰せのままに。アレリラ夫人はエティッチ様のご友人ですので、後ほど彼女のところへ案内させていただいても？」

「好きにしろって言っただろ！　じゃーな！」

振り向きもしないまま手を振り、ノシノシと歩き去っていく背中に、ラトニ氏が声をかける。

「後で、弁当をお持ち致しますね」

「猪肉をパンで挟んだヤツが良いぞ！」

「仰せのままに」

――全ての振る舞いが、傍若無人ですね。

貴族の当主が賓客を放って畑仕事をしに行くなど、見たことも聞いたこともない……と思ってから、ボンボリーノに甘薯を掘ったままの姿で出迎えられたことを思い出す。

もしかして、当主の間では畑仕事をするのが流行っているのだろうか。

そんな訳が無いと思いつつ、アレリラは小さく首を横に振る。

別に気分を害した訳ではないけれど、グリムド様の相手を毎日するのは骨が折れそうだと感じて、少しだけ領民に同情する。

決して悪人ではないように思えるけれど、破天荒だ。

「今日も領地は御当主様の悪意に満ちて平和ですな。良いことです」

「悪意とは」

ラトニ氏の呟きに、アレリラは内心そう思っただけ、のつもりだったのだけれど。

イースティリア様が少し驚いた顔をなさった後に、微笑む。

「意外だな。君がそんなことを口にするとは」

「！」

指摘されて、自分が気持ちを口にしていたことに気づき、思わず指先を口元に添える。

「失礼致しました」

「構いませんよ。この領地では、ああした行動が『悪意に満ちたもの』なのです」

おかしげなラトニ氏の様子を見るに、どうやら彼は分かっていてわざとやっているらしい。

よく分からないけれど、それで良いのなら問題はないとアレリラは納得する。

『郷に入りては郷に従え』という格言も、世の中にはあるのだ。

「それでは、部屋にご案内致しますね。旅の汚れを落とされた後、ラスリィ様、並びにエティッチ様との歓談の場を用意させていただきます」

「頼む」

イースティリア様がラトニ氏を見つめたまま応えると、彼は先立って執務室を出て、さらに屋敷の奥へと歩を進めた。

第三章　ロンダリィズ夫人は、手強い方です。

「アレリラ様ぁ〜！　お待ちしており……」

「エティッチ」

本当に待ち侘びていた様子で、客間に案内された途端に駆け寄って来ようとしたエティッチ様に、底冷えのするラスリィ・ロンダリィズ伯爵夫人の声が掛かる。

すると、目にも留まらぬ速さで夫人の横に戻った彼女は、恭しく淑女の礼（カーテシー）の姿勢を取った。

「宰相閣下、並びにアレリラ夫人におかれましては、此度の旅行にて当家を宿泊地に選んでいただきましたことに、感謝と歓待の意を表しますわ」

と、まるで何事もなかったかのように口上を口にするけれど。


――最初からそうなされば、怒られないのでは？


ロンダリィズ夫人が同様に礼を取りながら、微かに息を吐いたのを、アレリラは見逃さなかった。

噂好きでちょっと腹黒なエティッチ様と、ロンダリィズ夫人はあまり似ていない。

逆に相変わらずピシッと一分の隙もなく結い上げた黒い髪に、浅黒い肌を持つ夫人は、エティッチ様の姉であるアザーリエ様とよく似ていた。

ロンダリィズ夫人は、元は公爵家の令嬢であり、【紅玉の瞳】こそ持っていないものの、帝室に近しい者の特徴を受け継いでいるのだ。

それで言うと、何故か男爵家出身の平民である筈のラトニ氏も、日焼けに隠されているものの元の肌色が浅黒い。

帝国では珍しい色ではあるけれど、全くいないという訳ではないので、たまたまだろうか。

深く考える前に、ロンダリィズ夫人が口を開く。

「礼儀を知らぬ娘で、誠に申し訳ございません、宰相閣下、そしてウェグムンド夫人。序列を軽んじ、宰相閣下及びウェグムンド夫人を差し置いて口を開くなど言語道断ですが、お許しください」

「ええ!?　ちゃんと口上言ったのに、そっち……!?」

頭を下げたまま、エティッチ様が呻くと、その脇腹にラスリィ様の肘が入る。

「ぐっ……!」

「貴女は、口と態度と、行動と、それらを含めた全てを慎めと言っているのです」

「ぜ、全部……!?　無理……!」

「主人も居らず、わたくしとエティッチ二人でのご歓待ともなりますが、ご寛容な心でお許しいただけると幸甚(こうじん)にございます」

そんなやり取りに、微かに苦笑する気配を見せたイースティリア様が、小さく頷いた。

「気にしてはおりません。ロンダリィズ伯も先ほど、好きに過ごすよう言い置いて畑の世話に出向かれました」

「……なるほど？」

ピクリ、と眉を動かしたロンダリィズ夫人から、不穏な気配が立ち上る。

「重ね重ね、失礼を致しております」

「ロンダリィズ伯の気質は知っているので。エティッチ嬢はよく似ておられる」

「良いことではございませんが、気分を害されてなければ、これも幸甚にございます」

グリムド様にもエティッチ様にも効果はないと思うけれど、後で両名には雷が落ちるのだろう。

アレリラ自身も、もしフォッシモが似たような態度を取れば甘い対応はしない質なので、余計にロンダリィズ夫人の苦労が偲ばれた。

「ラスリィ様、そろそろよろしいでしょうか？」

主家のこうした態度には慣れたものなのだろう、ラトニ氏がいい感じに口を挟む。

ドアの脇に控えた彼に、イースティリア様とアレリラは手で席へと促された。

「失礼する」

イースティリア様が腰掛けるのを待ってアレリラが隣に座ると、エティッチ様が早速口を開いた。

「アレリラ様、ごめんなさい。お姉様は国家間横断鉄道が少し遅れているみたいで、まだ帰ってきてませんの！　お兄様は昨日いきなり隣国に行ってしまって、こっちも不在ですの！　お姉様は、帰ってきたらまたご紹介しますわね！」

「ええ、是非」

お祖父様から申し付けられているアザーリエ様に面会可能なら、とりあえず問題はない。

鉱物研究の権威で加工にも詳しいスロード様にも出来ればお会いしてみたかったので、そちらについては少し残念ではあるけれど。

すると、イースティリア様がロンダリィズ夫人に問いかけた。

「スロード氏は、何か急用が？」

「あの子は、主人とは別の意味で自由ですので。聖剣の複製と量産について新しいことを思いついただとかで、隣国のエルネスト女伯に会いに行くそうですわ」

「エルネスト女伯……ライオネル王太子殿下の婚約者で、才媛と噂の方ですね。国際魔導研究機関で、共同研究しておられるのでしたか」

「ええ。ですが、成果物について大半の権利を有しているのは、出資している向こうの筆頭侯爵ですので、何らかのご期待をされているのならそれには添えませんわ」

ロンダリィズ夫人がいきなりそう切り込んできたので、アレリラは驚いた。

どうやら、魔物の強大化現象から魔王獣や魔人王の出現が懸念されていることを、ロンダリィズ夫人も把握しておられるようだ。

対策として隣国に『聖剣の複製（レプリカ）を輸出して貰うための交渉』を行う必要があることも、理解なさっているのだろう。

その件に関しては、この後訪れる隣国オルブラン領の夫人を窓口に、と祖父も手紙で述べていたので、情報が共有されているのかもしれない。

それでも、スロード様のことをイースティリア様が口になさっただけでその意図を察し、先に答えを口にしたことが彼女の聡明さを物語っていた。

「残念ですね」

「申し訳ございません」

「いえ、口添えの件ではなく、スロード氏に会えないことに関してです」

イースティリア様は特に気を使っておられる訳ではなく、本心からそちらを残念に思っているのだろう。

けれど、ロンダリィズ夫人はそう受け取らなかったようだ。

「国家の危機ですし、多少の努力はするよう申し伝えております。重ねて申し訳ありませんが【聖白金（オリハルコン）】の素材である【魔銀（ミスリル）】の価格交渉については、奥の手にしておいていただければと。ウルムン子爵の研究成果物に関しても、彼自身に直接交渉をお願い致しますわ」


――迅速、ですね。


ロンダリィズ夫人は、どうやら厳格なだけでなく、イースティリア様同様、無駄な探り合いをあまり好まないようだ。

人によっては、矢継ぎ早な先回りに鼻白んでしまうだろう。

相手がイースティリア様だからこそ、そうした話し方をなさっている可能性もあるのだけれど。

「なるほど。……百年から数百年に一度起こる【災厄】に対抗出来る存在は〝光の騎士〟と〝桃色の髪と銀の瞳の乙女〟であると言われておりますが、それ以外の点についてもご承知、と判断して問題ないでしょうか」

「と、自負しておりますけれど」

訪れる【災厄】に対抗するのに必要なものは、現在隣国で存在が確認されている騎士と乙女本人だけではない、とされている。

聖剣や薬、他の聖人の存在なども、伝承には言い伝えられているのだ。

その内、聖剣は隣国の王室が秘宝として保管している。

今回、スロード氏と隣国の者たちの研究でその複製に成功したことは、歴史的な偉業である。

が、聖剣の素材である【聖白金（オリハルコン）】精錬の核となる鉱物【魔銀（ミスリル）】は隣国にはなく、ロンダリィズ伯爵家が所有する鉱山から主に採掘されて輸出されているのだ。

そして伝承にある薬……ウルムン子爵が栽培に成功したエリュシータ草と、そこから精製される【生命の雫（エリクサー）】については、帝国側が権利を有している。

また【復活の雫（フィロソラピドロ）】という、エリュシータ草から精製できるもう一つの魔薬については、現在もウルムン子爵が研究中だった。

しかし、この魔薬は、正確な記録が残っている近年の【災厄】時には存在が確認されておらず、『神爵』や『賢人』と呼ばれる聖人らと共に、もしかしたら眉唾ではないかとも言われていた。

この状況で、もし帝国内に【災厄】が出現した場合。

〝光の騎士〟らの到着までに甚大な被害が出たり、救援が間に合わなければひどく厳しい戦いになることが予想される。

そうした被害を少しでも減らす為に、本来であれば騎士と乙女に加えて、聖剣と魔薬を国内に揃えておきたいのが、帝国側の本音である。

しかし二人の英雄……〝光の騎士〟と〝桃色の髪と銀の瞳の乙女〟は現在ライオネル王国に所属しており、居を移す事を考えていないと聞き及んでいる。

故に、次善の策として量産体制に入った聖剣の複製輸入準備として、こちらが所持している輸出・緊急用【生命の雫（エリクサー）】の在庫は少しでも増やしておきたいのだ。

隣国もそれは同様であり、いつ魔物の被害が拡大してもおかしくない現状では、自分達の手元にない【生命の雫（エリクサー）】が少しでも多く欲しいと望んでいるだろう。

という点を考慮した上で、両国間でさらに交渉材料になり得る物を、ロンダリィズ夫人は把握しているのである。

その上で、鉱物の値段交渉を材料にしないよう口にしたのは、過去の北との戦争が原因だろう。

この状況での物価の引き上げは国家関係を悪化させかねず、【災厄】を前にして軋轢を引き起こす可能性を懸念しての忠言だ。

ロンダリィズ一家……グリムド様と夫人は特に、あの戦争の矢面に立って、肌でその恨みを感じていたのだ。

「では、夫人が様々な物事をご存じである、という前提で話を進めさせていただきますが」

イースティリア様は淡々と答える。

「未確定の問題である【災厄】が起こると、ロンダリィズ伯爵家では考えておられますか？」

「タイア子爵と同様に」

ロンダリィズ夫人の返答は、明快だった。

「宰相閣下におかれましては、如何でしょう？」

「必ず起こるとは思っておりませんが、起こることを見越して行動しております」

「それは、我々より危機意識が薄い、という意味でしょうか？」

二人が口にする情報は、必要最小限だった。

ロンダリィズ夫人が目を細めるのに、イースティリア様はハッキリと否定を口にする。

「起こるかどうかが問題ではない、という意味です。私は、帝国宰相として起こり得る全ての問題について、事前に対処する責務がありますので」

イースティリア様は軽くそう口になさったけれど、それは建前でも何でもなく、ただの事実。

『問題の芽は可能な限り芽吹く前に、もし起こった場合には必要最小限の被害で解決する』。

それが、帝国で権力を与えられた者の務めであると、イースティリア様は以前仰っていた。

問題は常に起こり続け、問題の芽は芽吹き続ける。

それらに対して常に最善の準備を行うよう、イースティリア様は指示を出し続ける方だ。

だからこそ、彼が預かる案件に関しては、大きな問題が基本的には起こらない。

「ですが必要十分と思われる対応をしても、不測の事態は常に起こります。以前起こった精神操作の魔薬に関する事件然り、今回の旅行の我々の警備体制然り、そして魔物の強大化然り……故に、危機感を持つ何らかの根拠があるのなら、お教え頂きたい」

イースティリア様は、ジッと夫人の目を見つめた。

「【災厄】の根本である魔王獣や魔人王の出現が起こるかどうかは、こちらの情報だけでは確定しません。全て状況からの推察に過ぎない。何らかの確信を抱くだけの、根拠があるのでしょうか？」

その問いかけに、ロンダリィズ夫人は少し考えるように沈黙した後。

「いいえ。確信的な根拠はありません。ですが、より確実性の高い情報は持っています」

と、そう答えた。

「では、【災厄】が起こるという、確実性の高い情報を聞かせていただけますか？」

イースティリア様の問いかけに、ロンダリィズ夫人はパラリと扇を開いて口元に添える。

「条件があります」

「私に判断出来ることであれば」

「いいえ、急ぎはしません。帝室、ひいては陛下のご承諾が必要でしょうから」

少し緊張しつつ、アレリラは彼女の言葉に耳を傾けた。

「タイア領で、街灯と共に並んでいたゴーレムをご存じですわね？　その本格的な量産許可と、その一部を北に輸出する許可をいただけまして？」

――兵力の増強と、武器輸出の許可、ですか。


アレリラは、あの人形たちがどういうものかを正確に知っている訳ではないけれど、直感的にそう理解した。

ロンダリィズ夫人が口にしたのは、思った以上に物騒な提案である。

けれど、イースティリア様は顔色を変えたりはなさらなかった。

「なるほど。確かに、陛下のお許しが必要な案件ですね」

「通していただけるのであれば、情報を提供致します」

やはり、夫人もロンダリィズ。

一筋縄ではいかない条件を突きつけてきた。

現在の帝室は、帝国内のパワーバランスを重要視している。

基本的に、どこかの勢力を極端に優遇したり力を持ちすぎることを嫌い、扱いをなるべく平等にすることを貴族対応の指針としているのだ。

帝国内には、当然勢力図がある。

ウェグムンド侯爵家を筆頭とする中央部勢力は『親帝室主派』だ。

前ウェグムンド侯爵とイースティリア様が二代続けて宰相位を務めていることや、王太子殿下と懇意であることなどから、そう呼ばれている。

他の主流勢力として存在するのは、一つは『公爵派』。

直系傍系問わず、公爵やその伴侶となった血縁に当たる貴族達の派閥で、王弟に当たるモンブリン公爵……ミッフィーユ様のお父様や、ウィルダリア王太子妃のお父様等を擁する勢力だ。

他にも、北との戦争を終結させた現・軍団長が筆頭を務める『北部貴族派』と、国内最大の港を有し、経済的優位を保っている『南部貴族派』がある。

『精神操作の魔薬』による不祥事が起こったのは、この『南部貴族派』だ。

新婚旅行前、ボンボリーノ誘拐事件の際に夜会を主催していたノータス侯爵が率いている。

『公爵派』は帝室と血縁関係が近しいこと、従兄弟同士である第二王子とショコラテ殿下がご結婚なさっていることから、帝室の一部として除外したとしても。

『南部貴族派』が不祥事によって勢いを落とすまでは、残り三派の力関係にさほど差はなかった。

イースティリア様とミッフィーユ様が恋愛関係にあるのに結婚出来ない理由、とされていたのも、この力関係の面である。

『公爵派』と『親帝室主派』が強く結びつくことで権力の天秤が傾くのを帝室が懸念している、と言われていたのだ。

ロンダリィズ伯爵家は独立独歩の気質はあるけれど、一応、三派の中では軍閥に当たる『北部貴族派』に所属している。

三竦みが崩れかけている状況で、ただでさえ勢いの衰えないロンダリィズ伯爵家がさらに存在感を増せば、力関係が北部一強に傾きかねない。

ウェグムンド侯爵家、ひいてはイースティリア様がいる限りは滅多なことにはならない、とアレリラ自身は思っているけれど。


――どうなさるのでしょう？


ここで、帝国の為になる情報を供出せず交渉を持ちかける姿勢を『国家に対する背任』と問うことも可能だが、おそらくイースティリア様はそうした手段を取らない。

案の定。

「確約は出来ませんが、理由は『【災厄】に対処する為』ということで構いませんか？　この取引が成立すれば、夫人は帝都側にも相当数のゴーレムを融通する準備がある、と考えますが」

と、イースティリア様は軍備増強を前向きに受け入れる姿勢を見せ、さらに言質を取りに行った。

「話が早くて助かりますわ。当然対価はお支払いいただきますが、注文は受け付け致します」

ロンダリィズ夫人も、事もなげにそう答える。


――なるほど。

夫人が口にした条件は、一見帝室の気に入らなそうなものだったけれど、北国と同時に帝都側にも同様の商売を持ちかけるのであれば、国内外を含む全体の軍事バランスは崩れない。

ロンダリィズ伯爵家が莫大な利益を得ることになるけれど、イースティリア様はそれを許容なさるのだろう。

問題ない、と判断する何らかの材料があるのかもしれない。

しかし、他国と自領だけでなく、帝都の守りも強固にするだけの量産準備となれば、ロンダリィズ伯爵家は既にこの件に、相当な資金を掛けている筈だ。

取引を持ちかける段階と考えれば、ほぼ準備自体は終わっていると見て間違いない。

もしこの提案をイースティリア様が蹴った上で帝室に報告する選択をしていたなら、ロンダリィズ伯爵家の損害も大きかったのではないだろうか。

夫人は、そうしたデメリットも加味した上で、帝国全体の危機的状況を餌に、このタイミングで提案を持ってきた。

——大変、強か(したた)です。

アレリラは、いっそ感服した。

帝国始まって以来の逸材、冷徹にして敏腕の宰相と呼ばれるイースティリア様にとって、この手の交渉ごとは日常茶飯事だけれど、ここまで大胆な要求を突きつけてくる相手はそうそういない。

アレリラは僅かに視線を動かしてイースティリア様の表情を窺うが、どうやらいつもと変わらないようだった。

「取引の対価を受け取る前に、一つ質問をしても？」

「何なりと」

「ここ十年のロンダリィズ伯爵領はその為に準備をしてきた、と理解してもよろしいか」

――――？

イースティリア様のその質問は、アレリラには一瞬、理解の及ばないものだった。

けれどロンダリィズ夫人が初めて驚いたように目を軽く見開き、その後、扇を閉じながら下ろして静かに微笑む。

これまで、一切表情に好意的な変化を表さなかった彼女の笑顔に、誰よりも娘であるエティッチ様が驚愕していた。

「お、お母様が笑った……!?」

しかし、夫人は彼女に構わなかった。

エティッチ様が、この緊張感漂う場で『なんだか重たい上に、凄く重要な話っぽいから関わりたくない』という態度で、チラチラとラトニ氏に救いを求める視線を送っては無視されているのを、アレリラを含む三人はとっくに気づいている。

「宰相閣下、そう感じた理由を伺ってもよろしいでしょうか？　【災厄】の予兆は、そんなに前からはございませんよ」

「あったのでしょう。あなた方の情報網では」

ロンダリィズ夫人が惚けるのに、イースティリア様は即座に切り返す。

「伯爵の動向は、そう考えれば腑に落ちます」

と、彼はロンダリィズの功績をつらつらと述べた。


どのような土地でも育つ作物の研究や、安定供給の為の養殖等の各種一次産業。

戦争終結後に行われた、アザーリエ・レイフ公爵夫人の国際結婚に伴う、内政改革と関係改善。

同時に進行していた、国家間横断鉄道の開通。

嫡男スロード氏の、鉱物並びに加工技術の研究と開発事業。

ゴーレム開発の為の、タイア子爵領への資金と【魔銀（ミスリル）】の提供。

次女エティッチ嬢の薬草研究並びに、ウルムン子爵との婚約締結の準備。


「また、大街道整備事業を前にした伯爵領側からの事前準備にも、一枚噛んでいると私は見ています。そして、ロンダリィズ夫人の担当なさる服飾業と、今の提案……」

イースティリア様は、続いて展開事業の目的を並べていく。

「これらの事業の根底にある第一の目的は、超国家的な協力体制の確立と、それに合わせた軍備増強。さらに【災厄】発生の際に必要となる、迅速な兵力の移送手段の確保だと考えます。つまり、それらの事業を展開し始めた頃……あるいはさらに前から、ロンダリィズは【災厄】に対する危機感をもっていた事になる」

ロンダリィズ夫人は、イースティリア様の言葉に黙って笑みを深めた。

──全て、【災厄】に対抗する為。

グリムド様の受け持つ大量生産可能な食肉、長距離輸送可能な魚、病気に強い麦などは、兵站と して。

【魔銀】採掘は、聖剣の複製まで見越していたとは思えないけれど、兵士への装備支給と、ゴーレム素材の一部としての利用する為。

スロード様の動きは、それらに関連する多くの研究者とのパイプラインの確保も目的の一つ。

エティッチ様とウルムン子爵の婚約に関する話を快諾なさったのは、伝承にある【生命の雫】や【復活の雫】の精錬を支援する目論見。

非常に筋の通った話にアレリラが納得していると、イースティリア様はさらにロンダリィズ夫人に対して言葉を紡ぐ。

「服職業に関しても一つ、夫人の不可解な動きを書類で閲覧した記憶があります」

「どのような動きでしょう？」

　ロンダリィズ夫人は、いよいよ楽しそうにイースティリア様の話を先に促す。

「高品質ドレスの量産は勿論、夫人は良質な布地と、その元となる魔力を通し易い絹糸の開発に莫大な金額を注がれていた。しかし、ロンダリィズ工房のドレス生産量はさほど増えていません」

「ええ、それが？」

「他に、ロンダリィズ領では『ドレス以外の服に使う布の輸出入量が減っている』という記録があります。これは、領内の民衆が着る服を、おそらくは慈善院や教会を通して伯爵家が配布しているのが理由でしょう。これは、ロンダリィズ伯爵家が孤児や教会への手厚い寄付を行っているのは有名ですが、その際に現金ではなく、作った高価な服を代わりに与えているのではないかと推察しました。如何でしょう？」

「ええ、それは確かにその通りですわね」

「申し訳ありません、閣下。一つ質問をよろしいでしょうか？」

　他の話はある程度理解出来るけれど、一番不可解な服の話が理解出来ないまま終わりそうだったので、アレリラは思わず口を挟んだ。

　これは既に『職務中』だと理解し、イースティリア様の呼び方はそれに準拠する。

「聞こう」

「服を寄付する、というのは、そこまで不思議なことではなく、ごく一般的な寄付の形です。高価な服を贈ることは通常ありませんが、あり得ないと言われる程ではありません。それが、軍備の話にどう関わるのでしょう?」

アレリラの質問に、イースティリア様はロンダリィズ夫人に目を向ける。

別に秘密にしていることでもないのか、夫人が鷹揚に一つだけ頷いたのを見て、彼は答えを口にする。

「彼女が配った服はおそらく、全て防護の魔導陣を編み込んだ魔導布服だ」

イースティリア様の口にした言葉に、アレリラは絶句した。

防護の魔導布服とは、戦場に出る高位魔導士や、陛下を筆頭とした上位貴族などが着るものである。

危険があれば自動で防御魔術を発動するもので、ただの鉄で出来た鎧よりも強靱なのだ。

当然、肌触りも良く長持ちする衣服だが、生産には普通の布など比にならない程の手間が掛かる。

それを領民全員に配るなら、その金額は目眩がするほど莫大なものになるだろう。

おそらく、実家のダエラール領であれば本邸周辺の領民に揃えた時点で破産。

ウェグムンド侯爵家が自由に使える資産でも、せいぜい街一つが限度。

数年単位の時間をかけているとはいえ、季節や着替えに合わせた服を用意するなら、それが最低でも一人六着は必要となる。

ロンダリィズ伯爵領の人々は——防御面だけなら、帝室近衛隊や中核魔導部隊に匹敵する装備を固めていることになる。

それは領民が……練度の面はともかく……農具を剣や槍に持ち換えるだけで、強固な兵士に変わるのと同義である。

正気の沙汰とは思えない。

しかも、それが可能なだけの魔導布服を、これからもロンダリィズ工房は作り出せるのだろう。

アレリラが、ロンダリィズの常識を超えた行動と底知れぬ資金力に戦慄していると……そんな内心を見て取ったのだろう、ロンダリィズ夫人は軽く首を傾げた。

「それほど驚くことでしょうか？　わたくしどもはその為に一から良質な糸を作り、専業の魔導士を育てたのですよ。自前で補えば価格は遥かに安く抑えられますので」

「……それは、その通りですが」

「服を配ることに関しては主人の提案ですが、別に他領に侵攻するような目的ではございませんので、ご安心を」

「ええ、理解しています。……アレリラ、疑問は解消されたか？」

「はい。失礼致しました」

イースティリア様の呼び方も愛称ではないことから、現在職務中であるという認識は間違っていなかったようだ。

アレリラが頭を下げると、ロンダリィズ夫人は小さく首を横に振った。

「多くの者に誤解されますが、主人は『全てが欲しい』のではなく、『今ある自分のものを捨てたりなくすのが嫌な人』なのですよ。『領民は俺のもの』だから、カネに糸目をつけずに湯水のごとく、守るために使っている。それだけのことです」

彼女は一息にそう言い、用意されたカップに口をつけた。

そうして唇を潤してから、さらに言葉を重ねる。

「【災厄】のことすら、主人は考えていませんよ。あの人を含むロン、、ダ、、リィ、、ズの者、、は、自分の思い通りに行動しているだけです」


――――え？


今までの会話の前提を覆すような話に、アレリラはまた混乱しかけたが、今度はすぐに思い直す。

彼女の口ぶりから、ロンダリィズの『血縁者』は、その通りに行動しているのだろう。

「主人は、【災厄】が来れば自分が先頭に立って守れば良い、くらいに思っているでしょう。作りたいから作った、やりたいからやっている、それだけのことですわ。宰相閣下の推察は面白いものでしたが、ロンダリィズ領の発展については『結果そうなった』が正解なのです」

「……なるほど？」

イースティリア様が僅かに目を細めて含みのある言い方をするのに、ロンダリィズ夫人は目線を外し、横に顔を向ける。

「そうでしょう？　エティッチ」

「あ、はい！　私が薬草を栽培しているのは、それが好きだからですわ！」

話を振られたエティッチ様は、よそ見をしていたけれど、パッと顔を前に戻してうんうんと頷く。

「と、いうことです。ですが【災厄】の備えとして見れば、ロンダリィズの現状が最善であること は間違いない事実ですわ。だからこその、ご提案です。如何でしょう？」

「仰る通りかと。陛下の承認を得次第、正式に書面にて通達と契約を行いましょう」

「感謝申し上げます。双方に利のある提案であると自負しておりますわ」

「それは、間違いなく。……では、改めて本題に入りましょう。【災厄】発生の根拠となる情報を」

イースティリア様の問いかけに、ロンダリィズ夫人は老執事ラトニ氏に目配せする。

すると彼は、それが当然のように書類を部屋の脇に置いた棚から取り出しており、ロンダリィズ夫人が差し出した手の上に載せる。

「どうぞ。こちらは、十年前と二十年前に行われた、魔力溜まりの位置記録の比較ですわ。次の書類は、タイア子爵の手による古文書の解読文。最後の一枚は【災厄】の伝承を収集し、その中から魔物の強大化以外の前兆に関する部分を抜粋したものです」

「読ませていただいても？」

「勿論」

アレリラも促されて、書類を手に取る。

それらの中には、詳細かつ正確な内容が記されていた。

特に【災厄】の前兆に関しては、帝都に帰った後にアレリラ自身が行おうとしていたことが、既に纏め上げられているように感じる程だ。

一通りアレリラ達が目を通したことを確認してから、ロンダリィズ夫人が口を開く。

「まず、タイア子爵の古代文献解読文をご覧下さい。そこには【災厄】に関する伝承の詳細が書かれております」

「なるほど」

その解読文は、詩のような文章だった。

来るべき【災厄】。
常なるは女神の巫女と聖剣の騎士、慈悲の一滴。
常ならざるは精霊の愛し子、神の祭司、黄竜の賢人。
女神の竜が群れ集う様、二粒目の奇跡。
常ならざる者現れし時、大地は唸り、滅びの足音が響く。
竜を迎え、破邪の銀を孕みし母山、三の恵み。
常ならざる宝物庫は、黒き影差す予兆。

常なる、獣ならざるモノ、人ならざる者。

王の名を騙り在ると知れ。

真なる滅びを前にして、人はそれを魔の王と呼ぶ。


「常ならざる……」

その一文を聞いて、イースティリア様が反応したのはその点だった。

けれどロンダリィズ夫人はその言葉には反応せず、昔の話を始める。

「ロンダリィズ領に、古代遺跡が多くあるのは既知のことと思われます。その採掘作業を指揮していた主人が『地が唸ってやがる』と口にしたのが、ことの発端ですわ」

「その言葉を十年程前に、ロンダリィズ伯が口にしていたことを私も覚えております。ロンダリィズ領の【魔銀】採掘量が極端に増えたのもその頃で、魔力溜まりの観測記録が更新された時期とも一致しますね」

「よくご存じですね」

「あまり、物忘れというものをしませんので」

イースティリア様は、魔力溜まりの位置比較記録に視線を走らせつつ、言葉を重ねる。

アレリラも同様の資料に改めて目を通すと、ロンダリィズ領の魔力溜まりの位置は確かに大きく変わっており、十年前のものは、ロンダリィズ領の山岳地帯にある、と記録されていた。

現在、【魔銀(ミスリル)】が採掘されている鉱山の位置だ。

「帝都にて言葉の意味をお伺いした際に、ロンダリィズ伯の口にした答えは『竜脈がうねってるから地が揺れている。【魔銀(ミスリル)】で儲けることが出来る』という類いの言葉でした」

肌で感じた、ということだろうか。

グリムド様は、先の戦争での英雄としての活躍ぶりもそうだけれど、野性の勘といった類いの能力に優れているのかも知れない。

アレリラには、一切ない素養である。

「閣下。この古文書にある『竜を迎え、破邪の銀を孕みし母山、三の恵み』という一文は、竜脈が動き、魔力溜まりが山岳地帯に移動することを示しているのでしょうか。【魔銀(ミスリル)】は埋まっているのではなく、竜脈の移動によって生成される……という風に読み取りましたが」

「おそらくはな。そして、実際に起こった『魔物の強大化』以外の一連の事象が、古文書に記された【災厄】の予兆に合致していることを、夫人は根拠だと述べている。……違いますか？」

「その通りですわ」

「……アレリラ。実際に、魔力溜まりなどの変動や軽い地揺れについては、帝国各地で頻発していた記録があったと思うが」

「幾つか記憶しております。【災厄】との関連を前提として、より詳細な調査を行うよう指示を出しますか？」

「ああ。以前、薬物事件の際に精製拠点となっていた工場のあった辺りの河川から魔力が枯渇した件も、おそらくは関連しているだろう」

「……確かに、そうですね。あの辺りの魔力溜まりが竜脈に沿って移動しているかも調査するよう、付記しておきます」

「ああ」

イースティリア様が口になさったのは、ペフェルティ領から下った先にある領地で、水に含まれていた豊富な魔力が枯渇するという事象が起こった件についてである。

あの時は、『南部貴族派』の不祥事である『精神操作の魔薬』を製造していた工房がその辺りにあったので、その精製過程に何らかの原因があると思っていたのだけれど。

「魔薬とは別の原因があったのは、予想外でした」

「ああ……」

と、珍しく歯切れの悪い返答をした後、イースティリア様は話を切り上げ始めた。

「夫人。こちらの書類は、写しを取らせていただいても？」

「そのままお持ち下さい。それ自体が写しとなっておりますので」

「では、遠慮なく。大変有意義な時間だったと感じております。情報提供に感謝致します」

「こちらこそ、無事に交渉が成立して喜ばしい限りですわ。どうぞこの後は、ゆるりとご滞在下さいませ」

「ではアレリラ様！　屋敷をご案内致しますわ！　いっぱいお話ししましょう！」

重い話が終わったからか、お話ししたくてうずうずしていたのに我慢させられていたからか、エティッチ様が急に勢いづいてそう口にするのに。

「ええ、書類だけ部屋に置いてから、お願いしてもよろしいでしょうか？」

「そんなの、爺やに任せておけば良いですわ！」

「帝都への手紙を認める必要もありますので」

むぅ、と頬を膨らませるエティッチ様に、またロンダリィズ夫人が恐ろしい目を向けるのを見ながら、アレリラはイースティリア様と共に立ち上がる。

「では、一度失礼致します」

そうして客間に一度戻り、頭の中で情報を整理しつつ手紙を認める。

手を止めないまま、気になっていたが先ほどの場では口に出来なかったことを、同じく指示を書き記しているイースティリア様に問いかけた。

「ロンダリィズ領の現状は、結果そうなっただけ、とロンダリィズ夫人は仰いましたが」

「夫人の言葉を正確に解釈すれば、違うだろうな。夫人は、『ロンダリィズの者は自由に振る舞っているだけ』だと口にした」

「彼女はそうではない、ということですね」

「ああ。彼らの動向は、王家の意向が反映されている可能性がある、と、以前君に伝えたな」

「ロンダリィズの中の夫人の立ち位置は、タイア領におけるお祖父様と同じである、という理解で間違いないでしょうか？」

祖父は王兄である。

そして同様に、ロンダリィズ夫人も公爵家の出身……即ち、帝室の血統に連なる方なのだ。

「私はそう考えている」

イースティリア様は手を止め、一度視線をどこかに向けると、ポツリと呟いた。

「そしておそらくは、もう一人……ロンダリィズ伯の歩む道の意味を解し、踏み外さぬよう動かしている人物がいるだろう」

「そうなのですか？」

「ああ。私は、その人物と話す必要がある」

どうやら、既にその人物に心当たりのありそうな口調だった。

これまでのやり取りから、アレリラもその人物に思い至るが、イースティリア様が直接名前を口になさらなかったので、きっとそれは触れてはいけないことだろうと思い、会話を終える。

当主に口出しできる程に信頼され、浅黒い肌を持つ人物が、ロンダリィズ伯爵家にはもう一人いるのだ。

――わたくしも、話さねばなりません。

自分よりも遥かに賢い人々の筆頭である祖父が、アレリラに『会うように』と口にした人物に思いを馳せる。

アザーリエ・レイフ公爵夫人。

彼女に会うことで、また、アレリラの中で何かが変わるのだろうか。

イースティリア様と結婚してから、新たに知ることや、ハッとする経験がとても多い。

きっとアザーリエ様も、そうした刺激をくれる方なのだろう。

それを決して嫌だとは思わない自分に、アレリラは気づいていた。

――早くお会いしてみたいですね。

昔、ボンボリーノと共に、遠目に見たことがあるだけの彼女。

危機的な非常事態に直面しているというのに、彼女が本当はどのような人物なのか、密かに楽しみだと思っている自分を、アレリラは不謹慎だとは思ったものの。

――新婚旅行の最中です。旅先での出会いに楽しみを見出して、悪いことはありません。

と、そのように考えた。

昔の、ただ杓子定規だっただけの自分なら憤慨しそうな考え方。

それもまた、イースティリア様に想いを伝え、同様に楽しもうと決めたことによる成長なのだと、アレリラは思うことにした。

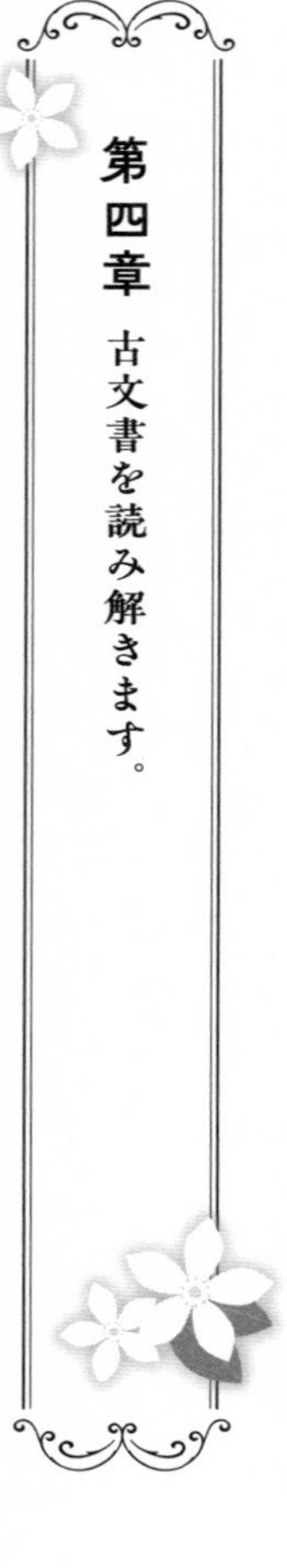

第四章　古文書を読み解きます。

待ち侘びていたエティッチ様に屋敷を案内され、夕食をロンダリィズの方々と共に摂り、入浴を終えて部屋に戻ったアレリラは、イースティリア様に問いかけた。

「何だ？」

「これは、どういう状況なのでしょう？」

イースティリア様から『就寝前に古文書に関する話をする』と聞いていたのだけれど。

「何か問題があるのか？」

「明らかに、仕事をする姿勢ではないのではないかと」

アレリラは、ベッドに腰掛けたイースティリア様の足の間に座らされていた。

普段の会話であれば、最近よくこうした形で話をするので問題はないのだけれど。

「どんな姿勢でも話は出来る」

「それはそうですが」

手紙を書いた後。

「……イース」

「夫婦の時間は大切だと考えるが」

「それも、その通りだと思いますが」

「必要なことを一度に済ませれば、合理的だろう」

言われてみればそうかもしれない。

あまり納得出来ない気はしたけれど、不都合があるかと言えば特にない……強いて言えば、アレリラが落ち着かないという点くらいだろうか。

「ロンダリィズ夫人は」

本当にこのまま古文書に関する話を始めるつもりらしく、イースティリア様の吐息が耳にかかる。

しかしそれをくすぐったく思っていては話が進まないので、アレリラは無理やり意識を手元の書類と話の内容に集中させた。

「確実性の高い根拠として、魔物の強大化に加え、竜脈の動きと魔力溜まりの移動などが古文書と連動していることを伝えて来た」

「そうですね」

アレリラは、改めて古文書を抜粋したという文章を頭の中で諳(そらん)じる。


来るべき【災厄】。

常(つね)なるは女神の巫女と聖剣の騎士、慈悲の一滴。

常ならざるは精霊の愛し子、神の祭司、黄竜(こうりゅう)の賢人。

女神の竜が群れ集う様(さま)、二粒目の奇跡。

常ならざる者現れし時、大地は唸り、滅びの足音が響く。


竜を迎え、破邪の銀を孕みし母山、三の恵み。

常ならざる宝物庫は、黒き影差す予兆。

常なる、獣ならざるモノ、人ならざる者。

王の名を騙(かた)り在ると知れ。

真なる滅びを前にして、人はそれを魔の王と呼ぶ。


この文章の内、前二行は特に疑問に思うこともない点である。

来るべき【災厄】も、〝光の騎士〟と〝桃色の髪と銀の瞳の乙女〟も、その事象と存在が確認されているからだ。

そして、最後の一節も。

「『慈悲の一滴』というのは、【生命の雫(エリクサー)】のことですね」

「そうだろう。他にも、数字のついているものは何らかの道具を指し示していると思われる。『二粒目』というのが【復活の雫（フィロソラピドロ）】、『三の恵み』が【魔銀（ミスリル）】だろう」

それらはどれも、日常生活に必要というよりは、魔物に対抗する為に重要なものである。内容が【災厄】に関連するものだということを加味すれば、アレリラもその推察に間違いはないように思えた。

「女神の竜、というのは、ヒーリングドラゴンでしょうか？」

「おそらくは。【復活の雫（フィロソラピドロ）】の精製には、【生命の雫（エリクサー）】よりも大量のエリュシータ草が必要である可能性が高いとウルムン子爵は述べていた。また、大地、女神、竜の三つの言葉は連動している。それらは、人に手助けを与える女神の所業を指し示しているように思える」

ヒーリングドラゴンはエリュシータ草の生育に関わり、大地の鳴動は竜脈の唸り……『魔力溜まりの移動』を示している。

「今から口にするのは、先ほど詳細な質問を控えた点なのですが」

「聞こう」

「魔力溜まりの移動が、【魔銀（ミスリル）】の生成に関わっているとお聞きしました」

「そうだろう」

「一体、どういう原理なのです？」

魔鉱物や魔力水の生成に、大地に含有される魔力の多寡も関わっていることは知っているけれど。

「鉱物というものは、そもそも長い時間と圧力により生成されるものだと認識しています。それが魔力溜まりの移動のみで生成されることなどあり得るのでしょうか？」

それは【魔銀（ミスリル）】が他の鉱物とは違い、魔導の媒体として重要なものであることと、何らかの関係があるのだろうか。

魔導陣を編み込める魔導糸が、絹糸からのみ作り出せるのと同様に。

「最新の魔導物理学においては」

イースティリア様は、アレリラの頭に鼻先を押し付け、髪先を指で触りながらそう口にする。

「【魔銀（ミスリル）】、金、銀の三種は、自然生成の他、魔力の作用によって形成される可能性があると示唆されている」

「魔力の作用……？」

「数年前のスロード氏の論文だ。目を通したことは？」

「申し訳ありません。おそらく業務に関係したことはなく、私費で手を出せる類いのものではありませんでした」

「では簡潔に説明しよう。そもそも魔導学、とりわけ魔導科学の前身となっているのは？」

「錬金学です」

それは、貴族学校の授業で習う初歩の部分である。

卑金属から貴金属を生成する錬金の法解明、並びに【賢者の石】による不老不死の実現、そして完全なる叡智（アカシックレコード）への干渉と、その端末であるフラスコの中の小人（ホムンクルス）の創造などを目的とした学問だ。

「そこから派生した『卑金属からの貴金属生成』に関わる分野で、スロード氏は名を上げている。【魔銀（ミスリル）】から【聖白金（オリハルコン）】を作り出したのは、その研究が成功したからだ」

「それは存じ上げております」

「同様に、彼は【魔銀（ミスリル）】が生成される条件についても調査を行い、仮説を立てて実証している。その一つが『土壌への魔力干渉による金・銀・魔銀（ミスリル）の生成過程』という論文だ。彼は【魔銀（ミスリル）】という物質が、そもそも土壌の中で、金・銀という貴金属が変質したものだと述べている」

「……証明されているのですか？」

もしそうであれば、『錬金』という錬金術の三大目標の一つに、スロード氏は近づいていることになる。

けれど、イースティリア様は頭を横に振った。

「完全に再現出来た訳ではない。【魔銀（ミスリル）】を人工的に生み出す為には、竜脈に匹敵するほどの魔力が必要だと言われている。それを再現するのは、溶岩流を作り出すに等しい話だ」

「ですが、仮説ではないと信用出来るだけの根拠はあるのでは？」

「ああ。スロード氏が【魔銀（ミスリル）】が採掘された際の状況を可能な限り再現した上で金・銀を放置したところ、その内の一つが【魔銀（ミスリル）】に変質したことが報告されている」

「なるほど……」

知らなかった話を聞いて、アレリラは少しだけ高揚を覚えた。

世の中に存在する謎が解明される、という話は、知識欲を刺激されるのだ。

「ですが、その話から何故、材料となる金・銀も魔力によって生成されると？」

「ロンダリィズ鉱山のような立地で、金・銀が採掘された例自体がそもそも少ない。またこれは公表を差し止められている仮説だが、スロード氏の調査によれば、世界各地で観測された不可解な場所での金・銀の出土は、全て竜脈近辺で起こっているそうだ」

「だから【魔銀（ミスリル）】だけでなく、金・銀自体も魔力によって生成されている可能性がある、と？」

「そういうことだ。その証左となりうる報告を、私はもう一つ知っている。君も知っている筈だ」

「？」

言われて、アレリラは少し考えた後。

思いついた答えに、思わず背筋が怖気立った。

「……まさか」


「ああ。ペフ、ペフェルティ、ペフェルティ伯爵が発見した金山と銀山だ」


ペフェルティ領内で発見された銀山と、ウェグムンド・ペフェルティ・ダエラールの三領に跨る金山は、今まで何故見つからなかったのか。

その理由が、元々は『なかった』からだとしたら。

「では、あの土地から……【魔銀（ミスリル）】が産出される可能性がある、と……？」

「ウェグムンド領南部では、以前から何度か軽い地揺れが発生していた。あの辺りは竜脈も通っており、元々土壌が豊かだ。人が出入りする山に金・銀が埋まっているのなら、もっと早くに発見されていてもおかしくはない。だが、発見されたのは最近だ」

「……」

「またペフェルティ銀山はかの領南部にあり、『精神操作の魔薬』工房近くの魔力枯渇が起こった河川の水源は……銀山の横にある」

全ての要素が、古文書にある記述に繋がっていく。

――所有権がわたくしにある、あの金山、が……。

その価値が、さらに上がる。

アレリラが目眩を感じていると、イースティリア様は落ち着かせるように両腕を体に回して抱き締めてくれた。

「大丈夫か？」

「正直……手に、余ります」

「だが、受け入れるしかない。あくまでもまだ仮説に過ぎないが……」

そこで何故か、イースティリア様が笑いを含んだ声音に変わる。

「金だけではなく【魔銀（ミスリル）】も採掘されるのなら、君の実家はさらに莫大な利益を得るぞ」

「それは良いことです」

アレリラは一気に落ち着いた。

「もしや、そうなれば実家が陞爵(しょうしゃく)する可能性も？」

「そうだな、君も独自に爵位を賜る可能性が高いだろう」

「それは必要ありませんが」

爵位は基本的に領地持ちに与えられるものだが、爵位の保有は複数が認められており、功績の大きさによっては名誉爵位が与えられることもある。

イースティリア様も、幾つかの伯爵位と子爵位を別に保有しており、もし子どもが生まれれば領地の一部と共に譲渡することも可能である。

「わたくしには、侯爵夫人という肩書だけでも手一杯です」

「私は嬉しいと思う。アルがウェグムンド侯爵夫人というだけでなく、国家の功労者であると認められれば……帝国全てを敵に回す危険を冒してまで、君を狙おうと思う者は減るだろう」

イースティリア様の声音が低くなり、それが真剣な危機感を含んでいるように感じられた。

きっと、祖父の出自を考えての話だろう。

「アルが他の何にも代えがたいからこそ——帝国が、そしてアルの大切に想う者達が、君自身が、【災厄】で蹂躙されることなどあってはならない」

「……はい」

どう答えて良いか分からず、アレリラはただ頷いた。

【災厄】が帝国を襲うのが由々しきことであるというのは、アレリラ自身も思うことではあるけれど、それら全てと同じくらいイースティリア様にとって自分の存在が重いと言われると、分不相応であるという気持ちが拭えない。

帝国やアレリラにとって何にも代えがたいのは、イースティリア様のほうだ。

「これまでにない程の【災厄】……起こることは確実なのでしょうか……」

「楽観的な見方は出来ないだろう。私には、この古文書にある『常ならざる者』についても、一人心当たりがあるからだ。ここまで要素が揃えば、おそらく他の『常ならざる者』も生まれ落ちている可能性が高い」

「どなたでしょう?」

祖父やグリムド様だろうか。

あるいは、帝室のどなたかか。

「物事の本質を見抜き、意識せぬまま最善の行動を取り、富と幸運の象徴である〝黄竜の耳〟を持つ人物だ」

「……!?」

遠回しな物言いだったけれど。

再びアレリラの頭に浮かんだのは、能天気な笑顔を浮かべる、伝説的な存在とは程遠いふくよかな男性の顔だった。

「私がこの地まで足を運ぶ切っ掛けとなる君との婚姻の影にあり、タイア子爵との繋がりがあって高く買われ、そして【魔銀(ミスリル)】に関係する可能性のある金銀山を発見した。ウルムン子爵とエティッチ嬢を結んだのも、発端は彼の提案だ。この古文書に関連する多くの事象に、意識すらせずに関わっている」

イースティリア様は、冗談を仰っている訳ではないようだった。


――信じ難い。

そうした気持ちはあるけれど、そう、事実のみを羅列すれば、それは答えとして正しいように感じる。

「ボンボリーノ・ペフェルティ伯爵。――彼がおそらく〝黄竜の賢人〟だ」

「みすりるって、何だっけー？」

あはは、と笑いながらボンボリーノが尋ねると、今日もまたアーハにぺちりと頭を叩かれた。

「も～、おバカねぇ～！　金銀よりも、も～っと高いものよぉ～！」

「へぇー！　そうなんだー！」

「ボンボリーノ！　今度ばかりは、相変わらず無知爆発の呑気なやり取りをしている場合ではありません！」

「そうですよ！」

怒鳴り声を上げた従兄弟で家令のオッポーと、その弟で執事のキッポーに、ボンボリーノは目を向ける。

ちなみにこの場には、真っ青な顔をしている父上や母上、そして商人として目をギラリと欲に輝かせている義父上もいた。

「【魔銀（ミスリル）】が採掘されたということは、これまでとは比にならない金額が転がり込んで来ますし、どこかの上位貴族家や大商人が目の色を変えて擦り寄ってくる可能性があるのですよ!?　当主がボンボリーノなのに、百戦錬磨の強欲どもに目をつけられたら……！」

「それだけならともかく、帝室からも直々にお話があるかも知れないのです！　当主がボンボリーノなのに、万一以上の確率で失礼を働いたら、伯爵家が……！」

「えー？　それは困るねぇー」

というか、単純にめんどくさそうでヤだ。

ちなみにキッポーとオッポーはよっぽど焦ってるのか、ちょっと昔みたいな感じに戻ってるし、そこはかとなく失礼な気がする。

別に気にしないけど。

「そう、かなり不味いですし困った事態なので、今こうして対策を考える為に皆様に集まっていただいているのです！」

「対策？」

ボンボリーノはキョトンして、隣のアーハを見る。

「何だか大ごとみたいだけど、コレ、もしかしてホントにヤバいやつー？」

「そぉねぇ〜。金山より全然ヤバいわねぇ〜！」

「それはめちゃくちゃヤバいねぇー！」

ボンボリーノは、アーハまでヤバいというので、腕組みして考えるフリをした。

そしていつも通り、適当に思いついたことを口にした。


「じゃ、もう銀山もウェグムンド侯爵に任せちゃおっか〜！」


確か、うちはハバツとかいうヤツがウェグムンド侯爵のところだった筈だし、別に良いんじゃないかなー、と思ったけど。

「流石に、それは不味い！」

焦ったような義父上に、母上も賛同する。

「そうですよ！　コルコツォ男爵の仰る通りです、銀山を渡してしまっては領地運営の収入源が減ってしまいます！　立ち上げたばかりの事業が、立ち行かなくなったらどうするのです！」

「相変わらず、このバカは……！」

父上まで呻くように貶して来たので、ボンボリーノはめんどくさい気持ちが倍増する。

けど。

「そぉねぇ～。【魔銀(ミスリル)】だけならともかく、銀の利益までなくなったら、ちょっと領の皆が困るかもしれないわよぉ～？」

「あー、そうなんだー」

じゃ、ダメだな～と思って、ボンボリーノはまた腕を組む。

「なら、そのまま持っておかないといけなくて……でも持っとくとめんどくさいから……？」

と、珍しく少しだけ考えたボンボリーノは。

「じゃ、みすりるってヤツだけ、ウェグムンド侯爵にタダであげちゃえば良いんじゃやん！」


そう思いついて、ポン、と手を打った。

「「「は？」」」

義父上と父上母上が口を揃えてお間抜けな顔になるのに、ボンボリーノはさらに言う。

「帝王陛下にお目通りするのも、お金大好きな人たちもめんどくさいしー。そーゆーの無理かなー？」

「そぉねぇ～。……多分、出来るんじゃないかしらぁ～？　要は【魔銀(ミスリル)】の権利だけ預けるってことよねぇ～？」

「多分そう！」

お金が余計に増えるから問題が起こるなら、うちに入るお金が増えなければいいのだ。

簡単な話である。

けど、義父上がそれを聞いてわなわなと手を震わせた。

「金山に続いて、みすみす金儲けの機会を逃すと……？」

「ダメかなー？」

ボンボリーノがアーハの顔を見ると、彼女も首を傾げていた。

「お父様～？　儲けの機会って言ってもぉ～、金山の分のお金は、鉱山夫の住むところを作る分で十分儲けてるでしょぉ～？」

「それでも、利益が減ったことに変わりなかろう!?　あそこは立地が悪かったが、銀山は完全にペフェルティ領内ではないか！」

「でもぉ～、お父様のところより大きい商会とか～、上の人たちに口出しされたらぁ～、多分ややこしいわよぉ～？」

「ぐぬっ……！」

アーハと義父上はタイプが違う。

アーハはケチなところがあるだけだけど、悔しそうな義父上は、お金を儲けるのも使うのも大好きなのだ。

「それにボンボリーノが『そのままで良い』って言わなかったから、そのままじゃダメよぉ～！」

あっけらかんとアーハが言うと、義父上は完全に黙り込んだ。

なんだかよく分からないけど、父上や母上よりも、義父上のほうがボンボリーノの言うことをわりと素直に聞いてくれるのだ。

「まぁ……決して悪くない案ではありますね、兄上」

キッポーが言うと、家令のオッポーも渋面で頷く。

「そうすれば、直接、ボ……御当主様が陛下にお目通りすることもほぼなくなるでしょうし、陛下とウェグムンド侯爵のご威光があれば、カネの亡者どもも二の足を踏むだろうことは、金山の件を鑑みても明らかです」

「だ、だが……」

父上が、どこか惜しそうな顔で口を開く。

「【魔銀（ミスリル）】の産出地を預かる領主となれば、陞爵（しょうしゃく）の可能性も……」

――あれー？　さっきまでなんか、ビビり散らかしてなかったっけー？

父上もゲンキンなので、ちょっと気持ちが落ち着いたら欲張りなところが出てきたらしい。

確かショウシャクは、爵位が上がることだったはず……と、うろ覚えなりに考えていると。

「ボンボリーノぉ～。お義父様はペフェルティのおうちを、侯爵家にしたいみたいよぉ～？」

「ヤだ」

アーハが分かりやすく言ってくれたので、ボンボリーノは即答した。

「畑触ったりアーハとのんびりしたりするヒマ、なくなりそうだしー」

そもそも、今でも領地経営なんて基本、ちんぷんかんぷんなのだ。

これ以上領地が広がったりやることが増えたりしたら、仮にアレリラがいたとしてもどーにもならなくなる気もするので、無理無理無理の無理だ。

こう、領主の仕事がもっと細かくなって、皆に任せれるようになったら話は違うんだろうけど。

だから、とりあえず言っておく。

「父上は、ぶんそーおー、だっけ？　そんな感じのアレを知っといたほうがいいよー？」

「ぶっ……!?　お前にだけは言われたくないわバカタレがッ!!　お前がしっかりしていれば済む話だろうが！　いつまでもそうならんから困っとるのだ！」

「あははー、ちがいない！」

それに関してはまったくもってその通りなので、ボンボリーノは笑いながら手を叩く。

すると父上の顔がさらに真っ赤になって、ちょっとヤバいかなー？　と思ったところで、そっとその手を母上が押さえる。


――母上、ナイス！


そう思いながら目を向けたけど、めちゃくちゃ冷たく睨まれただけだった。

ボンボリーノを庇ったわけじゃなくて、父上が怒るのがイヤだったのかもしれない。

母上は基本皆に優しいけど、ボンボリーノにはすぐ怒る。

アーハにも甘いのに。


——そういえば、アレリラにも甘かったよなー。


そんなことを思い返している間に、キッポーが話を進めた。

「でしたら、手続き書類の手配を致しますね」

一応、今はボンボリーノが伯爵なので、決定は絶対なのだ。

キッポーとオッポーはそこら辺を崩す気はないみたいなので、父上や義父上がゴネても、もう聞く気がないのだろう。

「ちょっとまたサインを貰うことが増えますが、逃げないで下さいね！」

「えー？」

「えーではありません！　後、一度だけは帝都に足を運び、陛下とご面会の必要があると思いますから、礼服の新調にも付き合っていただきますよ！」

「ん～……アーハのドレスも作るんだよねー？」

「当たり前でしょう！　御当主様を一人で陛下の御前に上げるなど、とんでもない話です！　ウェグムンド侯爵にも同席していただけるか打診します！」

「それならいーよ！」

着飾ったアーハを見るのは大好きだし、ウェグムンド侯爵がいれば安心なので、ボンボリーノはあはは一と笑う。

「新しいドレスだって！　綺麗なアーハを見るの、楽しみだねぇー！」

ボンボリーノがそう言うと、アーハも満面の笑みで答える。

「いやーん、ありがとぉ～！　素敵なドレスを作りましょぉ～！」

そんな風にきゃっきゃしている前で、義父上と父上はガッカリした顔で肩を落としているけど。


――――今でも幸せなんだから、これ以上何もなくてもいいじゃんねー？


と、ボンボリーノはそう思った。

今が良ければ、それで良いのだ。

自分たち一家はウェグムンド侯爵やアレリラよりバカなんだから、欲張ったらダメなのである。


「イースティリア様の仮説が正しいのであれば、常ならざる【災厄】が起こることは、ほぼ確実なのですね……」

帝国内のみならず、世界各国で同様の【災厄】が起こるのであれば、多くの死者が出るだろう。

【魔銀（ミスリル）】の恵みで実家が富むことを真に喜べるのは、この危機を乗り越えてからだ。

それこそウェグムンド領やロンダリィズ伯爵領程の防備を固めているのでもない限り、強大化した魔物の行動域が広がっていけば、小さな領地であれば滅ぼされてしまう可能性だってあった。

実家のダエラール領も例外ではないけれど、その焦燥に身を任せるよりも先に、アレリラにはすべきことがある。

【災厄】そのものが危険な事象であるのに、古文書の最後の一文はより不穏なのだ。


常なる、獣ならざるモノ、人ならざる者。

王の名を騙（かた）り在ると知れ。

真なる滅びを前にして、人はそれを魔の王と呼ぶ。


「常なる、から続く二つの存在は、魔王獣と魔人王を指し示す言葉かと推察致しますが」

感情が波打つのを抑え込みながら、アレリラは極めて事務的にイースティリア様に自身の考えを伝える。

「ああ。続く一文は、それ以上の魔の存在がいる、という示唆に見えるな。王の名を騙る……魔獣の変異した魔王獣も、人に似た姿をした魔人王も、本来は『王』と呼べる存在ではなく、【魔王】と呼ばれ得る存在が居ることになる。正確な記録としてでなければ、最古の【災厄】に関する伝承には『魔を統べるモノ』とだけ記されている存在が」

近年人類を襲っていた【災厄】は、本当の【災厄】ではないのだ。

『常なる【災厄】』が、魔人王や魔王獣が生まれる事象を指すのであれば、それらの呼称は、後に付けられたものなのだから。

解釈を行えば行うほど、それらが危機的であるという実感が湧いてくる。

「では〝精霊の愛し子〟や〝神の祭司〟、〝黄竜の賢人〟についても……現存する【災厄】の文献上では、記述が違う可能性があるのでしょうか」

それを知ることが出来れば、もしかしたら聖人を探す糸口になるかもしれない。

アレリラの提案に、しかしイースティリア様は微かに眉根を寄せられた。

「これらに当たる人物が長く出現していないので、あり得るが……【災厄】にまつわる記述のある文献で、アルが諳じているものは?」

「この古文書を除けば『聖教会教典』『帝国前史』『伝承総篇』『近世界史録』の四つになります」

「私はそれに加えて、『帝室秘録』を閲覧している。常ならざる三聖人と、仮称【魔王】に関して、何か思い当たる単語はあるか?」

問われて、アレリラは記憶を呼び起こす。

【災厄】の時に現れ、人々を救うであろう存在を示唆する言葉。

「……『神爵(しんしゃく)』、でしょうか」

「『聖教会教典』の記述にある、『女神の寵愛を受けし者』か」

「はい。〝桃色の髪と銀の瞳の乙女〟を凌駕する浄化の力を持つ聖人です。傷ついた大地に癒しをもたらす存在であり、聖教会の独自位階の中では教皇のさらに上に位置付けられています。ですが、その位階を授かったとされるのは、聖教会の礎となった初代乙女、聖テレサルノの代にいたとされる、聖ティグリの名を冠する聖人のみです」

〝神の祭司〟と呼ばれる存在がいるとすれば、思い当たるのは『神爵』くらいだった。

これが正であった場合は、現状では最初の【災厄】に関する伝承の中以外に〝神の祭司〟は現れていない、ということになる。

「他には？」

「他二者に関する記述は、そもそも具体的な人物名がないのではないかと思われます。〝精霊の愛し子〟という記述は『帝国前史』、『伝承総篇』の中に幾つか出てきますが、現在、それらは乙女と同一視されております。〝黄竜の賢人〟については、申し訳ありませんが」

イースティリア様は、小さく頷いた。

「〝精霊の愛し子〟に関しても、魔王獣や魔人王同様、現代の解釈が間違っている可能性を考慮しよう。その上で、〝黄竜の賢人〟に関しては記録がない可能性が高いと、私も思っている」

「そう考える意図をお伺いしても？」

「〝黄竜の賢人〟が仮に、ペフェルティ伯のような人物を指す場合、歴史の表舞台に立つことはあり得ないからだ。おそらくは、隠者に近しい存在だろう」

「……確かに」

ボンボリーノは、結果として目立つことはあっても、名誉や金銭欲、権力欲とは対極に位置する存在である。

祭り上げられることもない彼は、イースティリア様や祖父のような慧眼をお持ちの方でもない限り、おそらくは気にも留めない人物だろう。

彼の才覚は、あくまでも『結果として良い方向に物事を転がす』という、功績として目に見えづらいものなのだ。

祖父が解読したこの古文書を記した人物は、おそらくイースティリア様たちと同様の慧眼を持っていたに違いない。

「では、可能性のある〝精霊の愛し子〟については、閣下はどのようにお考えでしょうか？」

「……『帝室秘録』の記述から、一つの類推は可能だ。だがこの名を冠する人物も、記録されていない可能性が高い」

「内容をお伺いしても大丈夫でしょうか？」

「詳細は伏せるが、前提として精霊は人の目には見えない。その寵愛の発露は、賢人が『幸運を人に授ける存在』という形だとするのなら、愛し子は『観測出来ない加護を一身に受けた存在』という形であることが考えられる」

「歴史上に名を残しても、〝精霊の愛し子〟とは思われていない、ということでしょうか」

「そうだな」

「では、探しようがありませんね」

ボンボリーノが賢人であるという推察も、たまたま彼が知り合いだったという偶然から導き出されたものだ。

「常ならざる【災厄】が起こるという説の裏付けとして〝精霊の愛し子〟を探し出すのは、労力が掛かり過ぎます」

探しても見つからない目算の方が大きい。

『神爵』の方はまだ可能性があるものの、女神の寵愛による奇跡を目撃するのは、既に【災厄】が起こって大地が傷ついた時だろう。

それでは、遅い。

アレリラがそう思っていると、イースティリア様は何かを考えた後に、慎重に言葉を口にする。

「……〝精霊の愛し子〟に関しては、今実在するかはともかく、〝黄竜の賢人〟を一から探すよりは簡単に見つけられるだろう」

「そう考える理由が、何か？」

「精霊は、竜脈から生まれ出る魔力の化身と考えられている。その精霊の加護を一身に受けた人物であるならば、【紫瞳（しどう）】を有している可能性が極めて高いからだ」

「……確かに、そうですね。盲点でした」

その推察に、アレリラは感嘆した。

帝室に継がれる【紅玉の瞳】と並ぶほど、世界的に貴重とされる【紫瞳】。

それは、非常に高い魔力を有することを意味する。

「帝国と北国に【紫瞳】の持ち主は存在しない。現在では、南のライオネルで三人、南東の島国アトランテで一人しか確認されていない筈だ」

「ライオネル貴族のオルミラージュ公爵、アバッカム公爵、王太子殿下の婚約者となられた、エルネスト女伯。そして、アトランテの上妃陛下ですね」

「ああ」

「では、彼らの誰かが?」

「おそらく、エルネスト女伯だ。『近世界史録』の中に、たった一人だけ〝真なる紫瞳〟の持ち主であるとされた人物の記載がある。雑味のない、より真紫の瞳の持ち主が〝精霊の愛し子〟であると推測するのなら、可能性が高いのは彼女だろう」

「……賢人を探すよりは容易で、目星がついていても……それを確認するのが極めて困難であることに変わりはない、ということですね」

「ああ」

何せ相手は、隣国の王太子の婚約者である。

そうそう手を出せる相手ではなく、確認出来たとしてもこちらで確保出来る訳ではない。

——話くらいは聞けるかもしれませんが。

常ならぬ【災厄】が起こる説を裏付ける為だけに面会するのは、手続きなどを含めると流石に労力に見合わない。

それなら、彼女がそうした存在であると仮定した上で、対処する準備に時間を割いたほうが遥かに有意義である。

現状でも既に、常ならざる【災厄】は『起こる』という方向で考えるには十分だろう。

イースティリア様ご自身は、先のロンダリィズ夫人との交渉で口になさった通り、起こる起こらないに拘らず準備に動き出される予定だろうけれど、一応尋ねる。

「どうなさいますか?」

「愛し子の実在を確認する必要はない。そして早急に【災厄】の対処について、陛下に相談することの方が重要だな。だが、旅行を中断することは出来ない」

「オルブラン夫人にお会いする必要があるからですね」

隣国に赴くのは決定事項であり、予定はこれ以上ズラせない。

自国内の貴族であれば多少の融通は利くが、隣国の有力貴族となると、こちらの都合で訪問の予定を早める訳にもいかないからだ。

——少しでも、イースティリア様のご予定を滞りなく進める手段は。

アレリラは、残りのスケジュールと移動手段を脳内で総浚(そうざら)いし……即座に、思いついたことを提案する。

「飛竜便の予定を早められるか、ロンダリィズ伯に打診致しましょう。早めた分の時間で進路上にあるタイア領に一度立ち寄り、お祖父様の力をお借りしては？」

祖父は、移動や連絡に関して『距離を飛ばす』手段を有している。

おそらく、陛下に直接お会いしたり、連絡を取ることも出来る筈だ。

これなら旅程を変えないまま、陛下に現状をお伝えすることが出来る。

「やはり、君は有能だ。口にせずとも応えてくれる」

「光栄です」

おそらくは、イースティリア様も思いついていたのだろう。

けれど、彼がご指示を出す前に思う通りに行動出来ることを、アレリラは自身の数少ない美点だと思っていた。

「【災厄】に対抗する為、帝国にとっての最善手となるのは、やはり〝光の騎士〟と〝桃色の髪と銀の瞳の乙女〟をこちらに招集する手段を探ることでしょうか」

本人達の意思が重要になるものの、伝承の記述に則るのであれば、それが最も重要な要素であるとアレリラは考えたのだけれど。

「いいや。この場合の最善手は、【災厄】を起こさせないことだ」

そう言われて、アレリラは思わずイースティリア様を振り向いた。

真剣な色を宿した、静かな青い瞳に、その言葉が本気であると理解する。

「【災厄】を、起こさせない……？」

「そうだ。最善手は、【災厄】そのものを起こさないこと。次善は仮称【魔王】が生まれ落ちぬことだ。対抗手段を用意して備えるだけでは足りない」

「【災厄】が起こること自体を防ぐ……そのような事が、可能であると仰るのですか？」

それは、あまりにも荒唐無稽な話に思えた。

今までの歴史に『【災厄】は起こる』という記録だけがあるということは、つまり『【災厄】そのものを防げた』という前例がないことを意味するのだ。

イースティリア様はよく、アレリラの理解の及ばないこと、理想が高いと思えることを口になさるけれど、この件に関しては困難以上のものであるように思えた。

時間もさほど残されていないだろう。

そもそも【魔銀（ミスリル）】や寵愛を受けた存在がいるということは、『女神が人の為に対抗手段を用意した』ということに他ならない。

今のイースティリア様の言は『神の想定すらも超える』と口にしているに等しいのである。

祖父もロンダリィズ夫人も、【災厄】そのものの発生を防ぐことを目的とはせず、発生した後にどう対処するかを考えて動いているように見えた。

「アル」

イースティリア様は、あくまでも静かだった。

けれど、その瞳に厳しさが宿る。

「可能不可能ではない。それは我々の目指すべきことであり、為すべきことだ」

「ですが」

「これは不測の事態ではない。対処の機会が与えられている問題なのだ。であれば、我々は最善の手段を模索しなければならない」

イースティリア様は、アレリラを膝の間から左腿の上に抱き直し、横を向かせた。

アレリラの目線の方が高くなり、彼を見下ろす形になる。

イースティリア様は下から真っ直ぐに、アレリラの目を見据えた。

「アル。我々は戦士ではなく、文官だ。その役目は、平和を維持し、問題が起こらぬよう努め、あるいは問題が起これば迅速に対処し、被害を最小限に抑える。故に『何も起こらぬ』事が、我々の勝利なのだ」

「……仰ることは、理解出来ます」

「戦士に『命を捨てよ』と命ずる段に至るのは、全ての手を尽くし、それでもまだ及ばぬ時のみだ。魔物の強大化、魔王獣や魔人王の出現の原因、仮称【魔王】に関する情報まであるこの状況で、問題を起こって仕方のないものだと諦めるのは、文官としての敗北だ」

「閣下……」

「イースだ。私は今、君と対等な立場にある。同じ未来を見据える者として、聞いてほしい」

イースティリア様は、どこまでも真剣だった。

「大切なものを失うリスクを、許容してはならないのだ。私は君を失いたくはない。そして君が想う帝国が、友人が、家族が失われて、君が悲しむ姿も見たくはない。同様に、陛下にも、殿下がたにも、全ての帝国民にも、同じ思いをして欲しくはないと思っている」

その決意の強さと真っ直ぐな言葉に、アレリラは震える。

「――為すのだ、アル。それが帝国宰相である私と、筆頭秘書官である君の責務だ」

「……畏まりました」

掠れた声でそう口にして、イースティリア様の頬に無意識に手を伸ばす。


――この方は。


何故こんなにも大きな想いを、その背に負えるのだろう。

人智を超えた【災厄】が起こっても、誰もこの方を責めたりはしないのに。

不可能と思えることであっても、それが最善であると思えば、決して目指すことを躊躇わない。

――そういう方だから、わたくしは。


「……アル？」

気づけば、頬を涙が伝っていた。

それを見て、イースティリア様が戸惑ったように声を上げるのに、アレリラは唇を噛む。

「わたくしが、浅慮でした。及ばぬ身ではありますが……この命尽きるまで、お支え致します。そういう方だから、出来る限りお支えしたいと思ったことを、思い出させていただきました……」

イースティリア様なら。

イースティリア様だから。

きっと、誰もが思いつきもしなかった事を成し得るのだと、アレリラは信じた。

全てを包み込むような、大きな愛情をお持ちの方だから。

誰よりも、人々の営みを守ることを、大切に考えておられる方だから。

そんな方が……困難に立ち向かう為にアレリラが必要だと、同じ想いでいて欲しいと、求めてくれていることが、嬉しくて。

平穏の為、困難に立ち向かうのが『我々』の仕事だと。

「お慕いしております、愛しています、イース。ずっと。ずっと……ずっと、です……」

自分でも、気持ちが昂って、何を伝えたいのか分からないまま、アレリラはイースティリア様の首に手を回して抱きしめる。

「お守り下さい。わたくしの大切に想う人々と、帝国に住む民を……そんなイースを守れるように、わたくしは精一杯、努めますから……！」

「アル……嬉しいが、どうして泣いている？　不安なのか？」

「いいえ。そうではありません……ですが、分かりません。分からないのです、自分でも……愛しています、イース……その気持ちと共に涙が、溢れて、くるのです……」

戸惑いながらも、イースティリア様は抱きしめ返してくれた。

その腕の安心感に、ますます涙が止まらなくなる。

「泣くな、アル」

「申し訳、ありません……」

「謝る必要はない。が、私は君の想いがこれ程に喜ばしいのに、このままでは、今一番見たいアルの顔を見ることが出来ない」

「顔……？」

体を離すと、少し困ったような笑みを浮かべたイースティリア様の顔が見える。

「愛を伝えてくれるのなら、どうか笑ってくれ、アル。私が愛を最初に伝えた時のような、君の晴れやかな笑顔が見たい」

そう言われて。

アレリラはイースティリア様が珍しく困っているのが、何だかおかしくなって、口元を綻ばせる。

「こう、でしょうか？」

「ああ。そうだ。……あの時に見た、私だけの、君の笑顔だ」

アレリラは、その時。

出会ってから初めて、イースティリア様の整った美貌が、まるで少年のような満面の笑みに染まるのを見た。

「共に守ろう、アル。君が居てくれたら、きっと成し遂げられると信じている」

「はい……イース」

イースティリア様の指先で涙を拭われ、アレリラは目を閉じる。

そのまま、唇に柔らかい感触が触れて。

アレリラは手から力が抜けてしまい、指先からすり抜けた古文書の写しがパサリと床の上に落ちる音が聞こえた。

第五章　アザーリエ様にお会い致しました。

飛竜便の出立は、三日後に決まった。

滞在期間を三日も短縮する為、領内を見て回ることがほとんど出来なくなったのは非常に残念なことだけれど、現状であまり悠長にしている訳にもいかないので仕方がない。

ただ、アザーリエ様の乗った国家間横断鉄道は既に到着しているようで、一日経てば彼女には会えるようだ。

泣いたせいか少し瞼の腫れぼったい感覚に邪魔されながらも、朝のうちに一通りの手配を終える。

その後、到着日同様にエティッチ様に連れられ、邸内を見学させていただいた。

興味深いものが様々にあったが、中でも気になったのは『空に浮く丸いもの』である。

「あれは何でしょう?」

「あ、アレは気球というものですわ！　火の魔導具を使って、隙間のない魔導布の中に温かい空気を溜めると宙に浮きますのよ！」

「気球……」

エティッチ様の説明によると、速度などには全く期待出来ないけれど、空から物を見たりするのに役に立つものらしい。

「見張り台がありますでしょう？　ああいう物を作らなくても、同じくらいの高さから遠くを見たり出来ますのよ！　今はほんの小さなものですけれど、もっと大きな物を作ると、荷物を運べますの！　ほら、このように！」

　そうして、彼女はそれを実演して見せてくれた。

　手のひら程度の大きさで同じ形の布を摘んで、下で火の魔導具を炊くと、丸い布が膨らんでいく。

　そうしてまん丸になった布は、ふわりと宙に浮いた。

　気球にはカゴのようなものが備わっており、それも一緒に浮いている。

「なるほど、国家間横断鉄道同様に、熱を利用しているものなのですね」

「ええ！　さ、カゴの中に、この板を入れてみて下さいませ！」

　と、気球がどこかに飛んで行かないように、気球のカゴに付けられた紐を持っているエティッチ様から、木片を渡される。

　言われた通りにカゴに入れてみると、その重みで少しだけ高度を下げた気球は、すぐに持ち直してそのまま浮かび続けた。

「大変、興味深いですね」

「そうでしょう！」

「ええ。人は、大地や海だけでなく、空までもいずれは制するようになるのでしょうか……」

　飛竜の育成も、島国で行われているグリフォン育成もそうだけれど、今、多くの人が空への興味しかった。


を示しているのかもしれない。

空へ至る手段が様々に考案されていて、その活用を模索している。

タイア領では『未来』が見えたけれど、ロンダリィズ領では『今』の活気が見える。

人々は大きな争いもないこの時代に、人の営みを豊かにする方法を生み出し続けているのだ。

その気球は、アレリラには出来ない『何かを生み出す』という行為の結実にも見えて、ひどく眩しかった。

――【災厄】から、必ず人々を守らねばなりませんね。


昨夜イースティリア様と話した通りに、不可能を可能にする決意を改めて固める。

エティッチ様のような方が、こんな風にのびのびと好きな事が出来る世界こそ、形として見える『平和』なのだ。

そうして、さらに翌日。

アレリラが起きるとイースティリア様のお姿が見当たらず、とりあえず支度を終えた後に、部屋の前に立っていた近衛のナナシャに声を掛ける。

「イース様のお姿が見えないのですが、ご存じないでしょうか？」

「は！　宰相閣下は、少し前にトルージュを伴って外に出られました！　『先に朝食を済ませておいてくれ』と言伝てを預かっております！」

「ありがとうございます」

護衛を伴って出て行ったのなら、問題ないだろう。

もしかして、何か時間が掛かる用件だろうか。

朝食に向かうと、グリムド様とロンダリィズ夫人、そしてエティッチ様が既に席に着いていた。

エティッチ様だけが、眠そうにあくびを噛み殺している。

「おはようございます」

「おう！」

「おはようございます、ウェグムンド夫人」

「アレリラ様ぁ〜！　今日はもうすぐ、お姉様が帰って来ますのよー！」

「随分、朝早くなのですね」

今日の昼過ぎ頃だろうかと思っていたアレリラが、意外に思いながら問いかけると。

「ダインスお義兄様は過保護ですのよ！　『自分の権威が届かないところで、お姉様を人目に晒したくない』って、地竜車をわざわざ生活出来るように仕立てて、牛歩のような速度で夜通し歩いて来てますの！」

「それはまた、素晴らしいアイデアですね」

竜車に寝台を設置すれば、寝ている間まで移動出来る、というのは盲点だった。

あまり速く走らせすぎると眠れないので、速度との兼ね合いはあるだろうけれど、急ぎの旅でなければ『わざわざ宿泊地に立ち寄らずに済む』というのは、一定の需要があるかもしれない。

――後ほど、イースティリア様に提案してみましょうか。

大街道が整備出来れば、ウェグムンド領の『竜道』のように、地竜が走れる巨大で固い道となる。

乗合馬車のように寝台付き地竜車を運行すれば、利用する人はいるのではないだろうか。

価格など細かい調整は必要だけれど、平民も乗れる程度の値段に出来れば、野盗や魔獣などを気にせず遠出する方法の一つになる。

タイア領で見た、人の手で火や魔法の灯りを入れなくても道を照らす街灯の設置と合わせて、大街道の治安や安全の確保手段としては悪くない話だ。

「ガッハッハ、ダインスの野郎に、アイデアを買う交渉でもするのか!?」

「可能であれば、したいと思います」

帝国民の為になるのであれば、採算さえ取れれば全ての事業を行いたいのが本音なのだ。

ちょうど、朝食を終えた頃合いにアザーリエ様がたが到着なさったようなので、アレリラはロンダリィズ一家の方々と共に出迎えに向かった。

そうして、朝食後。

「お姉様ぁ〜!!　相変わらずお胸がふくよかですわぁ〜〜〜!!!」

地竜の引く巨大な竜車から降り立った女性に向かって、エティッチ様が突撃して抱きついた。

アザーリエ・レイフ公爵夫人。

ウェーブがかった黒髪に浅黒い肌をした、妖艶な雰囲気の女性である。

ロンダリィズ夫人によく似た容姿の彼女は、困ったような微笑みを浮かべて、エティッチ様の頭を撫でて、口を開いた。

「エティッチも、相変わらずですねぇ〜。元気でしたかぁ〜?」

――――!?

どこかアーハ様を彷彿とさせる間延びした口調に、アレリラは軽く目を見張った。

一瞬で妖艶な雰囲気が消えて、どこか牧歌的な印象の表情に変わったのである。

外見に似合わない話し方だけれど、どこかしっくり来るのは、この雰囲気が彼女の素だからだろうか。

そんな姉妹の再会に、ロンダリィズ夫人が軽く鼻から息を吐いて声を掛けようとしたところで。

「母(あーた)さま!」

と、どこか怒ったような幼子の声が聞こえた。

「あら～、エティッチ、少し離れて貰っても良いですかぁ～？　キャリィが怒ってますぅ～」

声が聞こえたほうを見ると、竜車から鋭い目つきの屈強な男性が降りてくるのが見えた。

かなりの長身で、短く刈った黒髪は、剛毛なのか逆立っている。

目を引くのは精悍な顔立ちの中で、頬から鼻筋にかけて走る刀傷。

外見的特徴から、彼がダインス・レイフ公爵だろう。

その腕には、2歳くらいの、黒髪の幼子が抱かれていた。

怒っていたのはこの幼子のようで、アザーリエ様に向かって「うー！　うー！」と言いながら手を伸ばしている。

キャリィ様、という名前らしいその子は、二人のお子様なのだろう。

顔立ちは、父君にも母君にも似ていた。

可愛らしい。

あまり子どもに関わりのある人生ではないけれど、アレリラが昔のフォッシモを思い出して和んでいると。

「わ、私のお姉様ですのに！」

「う～、あーた！」

離れるように言われたエティッチ様が愕然とした表情をした後に、アザーリエ様を呼び続けるキャリィ様を睨みつける。

「お姉様のふくよかなお胸を奪い合うライバル出現ですわ！」

「うー！」

「年端もいかぬ幼子相手に、何を頭の悪いことを言っていますか」

ついにロンダリィズ夫人が、氷よりもなお冷たい声音でエティッチ様を窘めると、彼女の動きが止まる。

「爵位が上の方がいる場で、口を先に開かぬよう、礼節を欠いた振る舞いをせぬよう、何度伝えても分からないのでしたら、その口を縫い付け柱に括り付けますよ」

「ガッハッハ、固いこと言わなくても良いじゃねぇか、ラスリィ！　ダインスもアザーリエも家族なんだからよ！」


——わたくしは、ロンダリィズ夫人に賛同致しますが。


ぽん、と彼女の肩を叩いて笑い、のしのしとダインス様に歩み寄っていくグリムド様に、ロンダリィズ夫人の体からゆらりと魔力が漏れ出て、紫色を帯びて立ち上る。

「全く良くはありません」

相当怒っている様子で、手にした扇が握り締められ過ぎてギシギシと音を立てている。

「ももも、申し訳ありませんお母様！」

グリムド様は全く気にしていないけれど、エティッチ様はやり過ぎたことを悟ったのか、あわあわと謝罪していた。

見ると、直接怒られている訳ではないアザーリエ様も青ざめて、キャリィ様をダインス様から受け取った姿勢のまま、おどおどと視線を彷徨わせている。

そうして萎縮した態度を取るようになると、途端に何故か、くらりとするような色香が立ち上っているように感じて、アレリラは小さく首を横に振った。


——このような方だったのですね。


〝傾国の妖女〟という異名や、『誘うような色香』という評判の意味も、間近に見るとよく分かる。

同時に、それが性格に何ら関係のないどころか、おそらく本人にとってはとても厄介なものなのだろうということも理解した。

アザーリエ様は、昔感じた通りに、どちらかと言えば気弱な方なのだ。

なのに、嫋(たお)やかな様子を見せると、蠱惑的な雰囲気が漂うようになる。


——まるで呪いですね。


そんな益体もないことを考えてしまうくらいには、彼女のギャップは凄まじかった。

しかし、そんなアザーリエ様の様子を意に介さない人物の筆頭であるグリムド様は「アザーリエ、

初回版限定
封入
購入者特典

特別書き下ろし。

アレリラと三時のおやつ

※『お局令嬢と朱夏の季節 ③ ～冷徹宰相様との事務的な婚姻契約に、不満はございません～』をお読みになったあとにご覧ください。

アレリラと三時のおやつ

「これは何でしょう？」

休日のおやつ時。

イースティリア様に呼ばれて本邸の食堂に向かったアレリラは、そこに置かれた白いものを見て首を傾げた。

一見、円形に整えられたクリームの塊であり、土台部分がスポンジではなく、固められた粒のような茶色いもの。

と、そんな風に観察していると、イースティリア様が答えを教えて下さった。

「これは、レアチーズケーキ、というものらしい」

「レアチーズ……なるほど」

高位貴族のお茶会で目にする『チーズケーキ』とは似ても似つかない色合いだけれど、つまりこのクリームのようなものは、色合い的にフレッシュチーズに似たものかと検討をつける。

小さく頷いていると、イースティリア様が言葉を重ねた。

「君に是非、これを食して欲しいという人物がいてね」

「わたくしに、ですか？」

彼がドアの方に向かって頷きかけると、執事のオルムロが静かに開ける。

そこに立っていたのは、見覚えのない男女だった。

「そちらは？」

「君に以前伝えた、美肌クリームを作った男爵と、その婚約者に当たる人物だ」

言われて、アレリラは合点がいった。

瞬時に彼の名前を思い出し、口にする。

「お初にお目に掛かります、アーク・フォルスタ男爵。アレリラ・ウェグムンドと申します」

「丁寧にありがとうございます、ウェグムンド夫人。こうしてお目通り叶いましたこと、誠に嬉しく思っております」

少し緊張した様子ながら、朴訥な印象の彼がニコニコと頭を下げると、婚約者であるというポニーテールの女性も頭を下げる。

「男爵は、このケーキとどのような関係が？」

アレリラが問いかけると、彼は婚約者であるという女性に向かって頷きかける。

「それは、アークの祖母直伝のケーキです！　今度また特産品として売りに出すので、最初に夫人にご試食いただきたいと思って作りました！」

「我々の領地は、元々薬草作りの他に酪農を主体としております。私自身も、酪農家の出身でして……その際に懇意にしていた薬草作りをしている彼女の実家が、あかぎれの酷い母に持ってきてくれていた薬草の煮汁が、軟膏の元となっております」

臭いが酷いがよく効くというそれを研究して美肌クリームに仕上げたという話は、覚えていた。

何せ彼は、それによって男爵位を賜ったのである。

今に至るまでずっと、貴族女性の間では『一度使ったら手放せない』と評判であり、数量がさほど多くない為、現状、注文は引きも切らない。

「ウェグムンド侯爵、並びにご夫人の尽力によって、我々の生活は良いものとなりました。そのお礼と言うには些少なものですが、ケーキと、お礼を直接お伝えしたくて」

「こちらこそ、ありがとうございます。あの美肌クリームのお陰で、わたくしは多くのご夫人がたに懇意にしていただけておりますので」

実際、あれがなければ高位貴族社会に馴染むのに苦労しただろう。

イースティリア様の妻になったとはいえ、元々アレリラは子爵令嬢だったのである。

「滅相もありません。こちらこそ……」

「礼を言い合うのは、その辺りにしておこう」

イースティリア様がさりげなく口を挟むと、オルムロから食器を受け取った婚約者の女性が、レアチーズケーキを切り分けてくれる。

席につくと、勧められてフォークを取ったアレリラは、小さく刺した。

クリームには軽く沈んでいくけれど、生地に先端がつくと思った通りに硬い感触が返ってくる。

軽く力を込めて生地まで切り分け、口に運んだ。

思った以上にねっとりとしたレアチーズクリームと、噛むとサクサクとした食感の生地が、口の中で絡み合う。

クリームと生地、上品な二種類の甘さを舌で楽しんだアレリラは、ゆっくり飲み下してから小さく微笑んだ。

「大変、美味ですね」

「良かったです！」

婚約者の女性が喜び、男爵もホッとした様子を見せる。

「これは、売れるだろう」

「ありがとうございます！」

同じように口に含み、無表情に告げたイースティリア様を、アレリラはジッと観察した。

――――お気に召したご様子ですね。

アレリラは頷きつつ、次に甘いものに目がないオルムロが『自分も食べたい』と目で訴えていたので、今度、使用人にも振る舞う分まで含めて注文しようと決めた。

疲れたか!?　ゆっくり休めよ！」とごく普通に声をかけ、次にダインス様に拳を差し出す。

「よう跳ねっ返りダインス！　久しぶりだな！」

「ああ。相変わらず無作法そうで安心するぜ、グリムド」

驚いたことに、ダインス様はニヤッと笑顔を浮かべ、差し出された拳に同様に拳を打ち付けた。

終戦の英雄であり、国家間横断鉄道の立役者と呼ばれる二人は、随分と打ち解けた仲のようだ。

違う国の伯爵と公爵という爵位の違いがあり、かつ義父と義理の息子という関係だけれど、お互いに敬語どころか遠慮する様子も感じられない。

ダインス様の顔の傷はグリムド様が、グリムド様の胸元の傷はダインス様が、互いにつけたものだという情報から、本気で殺し合ったことは間違いのない事実の筈なのだけれど。

「ガハハ！　口の利き方にゃ気をつけろよ!?　本気で地面に這いつくばらせるぞ!?」

「出来るもんならやってみろよ。こっちもアンタに泥つけてやるつもりで来てんだ。稽古場行くか？」


――それとも、やはり仲が悪いのでしょうか？


けれど、アザーリエ様をダインス様に嫁がせたのは、エティッチ様に聞く限りあまり政略的な意味合いはなさそうであり、満面の笑みで煽り合う二人はとても楽しそうに見える。

この手の男性がたが何を考えているのかは、アレリラにはよく分からない。

少なくとも、イースティリア様とはまるで違う人種である。

彼らがこちらに近づいてくると、エティッチ様をこってりと絞ったロンダリィズ夫人が、魂の抜けかけた顔をしている彼女の横で、一分の隙もない姿勢で淑女の礼の姿勢を取る。

「レイフ公爵。それにアザーリエ。無事の到着を大変喜ばしく思います」

「お、お母様も、お元気そうで何よりですぅ〜……！」

「義母殿、お心遣いに感謝致します」

まだ及び腰のアザーリエ様と、表情を引き締めて礼儀を示したダインス様が応えると、ロンダリィズ夫人は頭を上げて、こちらに目を向けた。

「ご紹介致します。こちらは現バルザム帝国宰相位にあらせられるイースティリア・ウェグムンド侯爵閣下と先日ご成婚なさった、アレリラ・ウェグムンド夫人でございます。彼女自身も、現職の宰相秘書官にあらせられます」

そう紹介されて、アレリラも淑女の礼の姿勢を取る。

まだ、直接ダインス様と言葉を交わしていないのでそのまま待っていると、ロンダリィズ夫人が続けた。

「ウェグムンド夫人、こちらの方々は隣国のダインス・レイフ公爵、及びその妻であり我が娘であるアザーリエ・レイフ、並びに長子キャリィ・レイフです」

「ダインスだ、ウェグムンド夫人。お会いできて光栄に思う。顔を上げて欲しい」

「あ、アザーリエ・レイフです……よろしくお願いしますぅ……キャリィ、ご挨拶して？」

「ましゅ！」

「過分なお言葉を賜り、誠にありがとうございます。ダインス・レイフ公爵様。並びにアザーリエ・レイフ公爵夫人。そしてキャリィ様も。ただいまご紹介に与りました、アレリラ・ウェグムンドと申します。以後お見知り置きを」

挨拶を終えて顔を上げると、アザーリエ様が、何故かほう、と息を吐いた。

どうなさったのかと思っていると。

「ほわー……ダインス様、所作が凄く綺麗な方ですねぇ〜……お顔立ちも大変麗しいですぅ〜」

「きれえ！」

「そうだな。宰相閣下は、幸運な御仁であらせられるようだ」

「お褒めに与り恐縮でございます。レイフ公爵にあらせられましては、その武勇と叡智を、レイフ夫人におかれましてはその功績を存じ上げ、尊敬致しております。ご両名にお目通り願えたこと、光栄に感じております」

向こうはただの社交辞令だろうけれど、アレリラは本心を伝えた。

何せ相手は、偉業の公爵と〝労働環境改善の慈母〟である。

けれど。

「貴女は公爵夫人になっても、相変わらずピシッとしませんね」

「も、申し訳ありません〜……」

そんな功績の持ち主であっても、母親の前では形無しのようだ。

けれどロンダリィズ夫人は、肩を竦めて上目遣いになったアザーリエ様に、こう言い足した。

「我が娘たちは本当に頼りないですが……少なくとも貴女が今、幸せそうなのは何よりです」

「えへへー、はいぃ～」

「な、何で今私までさりげに貶したのですか!?　お母様!?」

照れながら頬を緩めるアザーリエ様と、魂が戻ってきたらしいエティッチ様がそれぞれに口を開くけれど、ロンダリィズ夫人の興味はすぐに二人から逸れたようだった。

「アザーリエ、キャリィを預かりましょう」

「あ、はい～。キャリィ、お母様を覚えていますかぁ～?」

「ばーば!」

キャッキャ、と、キャリィ様が答えて、手を伸ばしたロンダリィズ夫人にすんなりと抱かれる。

すると、彼女の表情が目に見えて綻んだ。

「重くなりましたね。健康なのは良いことです」

「いーこと!」

「お母様……その優しさの一欠片でも良いから、私にも与えてくれないかしら……」

上機嫌のキャリィに、我が身を引き比べてエティッチ様が羨ましそうに指を咥えている。

そんな様子を見て、アザーリエ様が首を傾げた。

「キャリィは～、お母様にだけは本当に懐いてますねぇ～」

「お前と顔が似てるからだろ!　俺にはちっとも懐きやがらねぇのに!」

「そりゃ『じーじ』は顔がバチクソ怖ぇ上に声がデケェからな！」

彼女の疑問に、グリムド様が口をへの字に曲げながら答えて、ダインス様が茶化す。

とても平和な、家族の光景である。

外では嵐のような評判を持つこの一家も……家族ばかりの場では、ごく普通の人々なのだ。

そんな当たり前の事実も、旅行先としてこの場に赴かなければ、目にすることもなかった。


――彼らもまた、わたくし達が守るべき平和の一環……。


アレリラは、『見聞を広げる』というのがどういうことなのかを、今まさに、肌で感じていた。

実際に目で見なければ知ることの出来ないものが、世の中にはたくさんある。


――わたくしは、幸運です。


知識だけでなく実際を知ることは、角度の違う物の見方、新たな見識を与えてくれるのだ。

予定を繰り上げてしまったせいで国家間横断鉄道を直接目にすることは出来なかったけれど、きっとそれも実際に見れば、アレリラに新たな感動を与えてくれるのだろう。


――もっと落ち着いたら……またこの地を訪れ、目にすることが出来るでしょうか。

そういう考えが芽生えることすらも、今までのアレリラにはなかったものだ。

「では、中に入りましょう」

思索に耽っている内に、ロンダリィズ夫人がさっさとキャリィ様を連れて本邸に戻っていく。

どことなく足取りが軽く、声音が柔らかい。

あの強かで厳格なロンダリィズ夫人も太刀打ち出来ないほど、『孫の可愛さ』というものは強烈なのかもしれない。

「ダインス！　飯は食ったか!?　稽古場に行くぞ！」

「おう。そろそろ勝ち越させて貰うぜ！　……アザーリエ、君はどうする？」

ダインス様もダインス様で、グリムド様と話す時はまるでヤンチャな少年のようなのに、アザーリエ様にはとても優しい声を掛ける。

少々無作法だったけれど、アレリラはアザーリエ様が答える前にそっと会話に口を挟んだ。

「申し訳ありません。もしお時間が宜しければ、アザーリエ様とお話する時間を頂戴出来ればと」

あまり時間もなく、祖父からのせっかくの助言である。

するとエティッチ様が、パン！　と手を叩いた。

「アレリラ様、それはとっても良い考えですわ！　ちょうどお邪魔虫……キャリィもお母様に連れられて屋敷に戻りましたし、ここは三人で……」

「エティッチ」

すると屋敷に戻った筈のロンダリィズ夫人が、ひょい、と顔を覗かせて、彼女の名前を呼ぶ。

「魔導炉用の薪割りとお得意様出荷用の魔蜜作り、魔導糸を一巻き作る罰を命じます。今日中です」

「き、今日中!? そんなぁ……一人でですか〜!?」

「当然でしょう。ここ最近の度重なる失態、あまりにも目に余ります。心底反省し、そろそろ改めなければ、来季の社交シーズンは領地で過ごすことになると心に刻みなさい」

「うっ……!!」

エティッチ様は、まだ学生……貴族学校の最終学年なので、普段学校がある時期は帝都のタウンハウスで過ごされている。

社交シーズンは基本的に休みの時期なので、『長期休暇に遊ばせない』と言われたに等しい話だ。

「無体……それはあまりにも無体ですわぁ〜! アレリラ様、お姉様、また明日ですわぁ〜!」

涙を拭いながら、エティッチ様は脱兎の如く駆け出した。

アレリラの知識と照らし合わせた作業量から逆算するに、今から必死でやらないと、おそらく終わるのが夜半過ぎになるだろう。

二人きりになると、少し緊張した様子のアザーリエ様に、アレリラは最近覚えた『柔らかい微笑み』というものを浮かべてみる。

「先日教えていただいたのですが、温室の青薔薇が見頃のようです。少し散歩しながら、話を伺ってもよろしいでしょうか?」

「あ、は、はい！　わたくしで良ければっ！　……えーと、それは良いのですけどぉ～、そういえば、温室を管理している爺や（ラトニ）の姿が見えませんねぇ～？」

ほわぁ、と口を開いた後、ちょっとだけ安堵したようにニヘラ、と笑ったアザーリエ様は、続いてキョロキョロと周りを見回す。

「ラトニ氏は、少々イース様とお話をなさっておられるようです」

「あ、そうなんですねぇ～。勝手に入っても怒らないでしょうかぁ～？　爺やは、温室を大事にしているのでぇ～」

「先日、自由に立ち入る許可はいただいております。では、参りましょう」

と、アレリラがそちらに足を向けようとすると。

「あ、あのぉ～」

「はい」

「し、初対面で不躾なお願いなのですがぁ～……て、手を、握ってもよろしいでしょうかぁ……」

「手、ですか？」

そんな申し出を受けたのは、男性を含めても初めてだった。

ちょっと恥ずかしそうなアザーリエ様は、指先を擦り合わせ、小さな声で理由を口にする。

「そのぉ～……わたくし、よくコケるので、ダインス様に『歩く時は極力誰かと一緒に』と言われているのですぅ～……で、でも、今はダインス様がいらっしゃらないのでぇ～」

「なるほど」

つまずかないように支えが欲しい、ということなのだろう。

使用人でも構わないと思うのだけれど、と近くにいるレイフ公爵家の使用人らしき老人に目を向けるが、彼は先に口を開いた。

「他の使用人は、アザーリエ様の魅力に当てられてしまいますし、私めがエスコートすると旦那様が嫉妬なされます。よろしければお願いしたく」

逆に頼まれてしまい、そこまで拒否する理由もないのでアレリラは頷いた。

「では、お手を」

「は、はい！　ありがとうございますぅ〜！」

アレリラが手を差し出すと、アザーリエ様はパッと顔を輝かせて手を握った。

お互いにグローブ越しだけれど、手の感触は、女性にしては少々固いようだった。

「……アザーリエ様は、何か、手の皮が固くなるような仕事を？」

「あ、分かってしまいますかぁ〜？　あのですねぇ〜……わたくし、あまり役に立たないのでぇ〜、ずっと女主人として過ごしていると、どんどん落ち込んでしまうのですぅ〜」

「……はい」

「な、なのでぇ〜、週に一、二度であれば、おうちのことをしても良いと言われているのでぇ〜、お洗濯をしたり〜、皆のお料理を作ったり〜、させて貰っているのですぅ〜！」

「なるほど」

要は、精神安定の為にたまに使用人の仕事をしている、ということなのだろう。

素晴らしい功績をお持ちの方でも、そのような気持ちに陥ることがあるのだ。

なぜ家事に励むと落ち着くのかはよく分からないけれど、ロンダリィズの方針……『自分の身の回りの世話は、最低限自分で出来る様に』というもの……はエティッチ様から聞いて知っている。

家事というものに、幼い頃から慣れ親しんでいることが理由だろうか、と推測して。

「理解致しました」

とアレリラが頷くと、アザーリエ様がどことなくホッとした様子を見せる。

「あ……アレリラ夫人はぁ～、この話を聞いても変な顔をしないのですねぇ～」

「理由さえ分かれば、とやかく言う立場にはありませんので。おかしいと言うのであれば、帝国中枢で宰相筆頭秘書官を務めているわたくしも、対外的にはおかしな目で見られる側の人間です」

「なるほどぉ～……えへへ、少し、安心しましたぁ～」

ぎゅっ、と手を握る力を強めた彼女は、目尻をさらに下げて笑う。

「短い間ですが、よろしくお願い致しますぅ～」

「はい。わたくしの方こそ、よろしくお願い致します」

そうして、手を握り合ったまま、二人で温室へと向かう。

この出会ってからの短いやり取りの中で、一つ分かったことを、心の中で呟く。

――アザーリエ様は、本当に可愛らしい方ですね。

第六章　帝国宰相と筆頭秘書官。

「ラトニ氏。このようなところに居られたのですね」

「お早うございます、宰相閣下」

墓掃除をしている老執事の下を訪れたイースティリアは、護衛のトルージュを少し離れた場所に待たせて声を掛けた。

まるで現れるのを悟っていたかのように、彼が振り返る。

「どうなさいました？」

「タイア子爵より、貴方のお話を伺うよう言付けられて参りました」

ラトニ・オーソル。

ソレアナ・タイア子爵夫人の父であり、没落したオーソル男爵家の元・当主の名を持つ、男。

そうした経歴を持つ彼は、日焼けした浅黒い肌と、黒髪黒目を持ち合わせており……右手の人差し指には、見覚えのある【変化の指輪】を嵌めていた。

さらに、サガルドゥ殿下よりも若く見える。

ラトニ・オーソルは、彼よりも20歳以上、年上である筈なのに。

現帝室になる前の……当時の複雑な事情を鑑み、わざわざ会うように申し伝えられたことと合わせれば、その答えは出る。

――ロンダリィズに帝室の意思を反映させる、ロンダリィズ夫人に並ぶ王族側の一人。

「改めて、ご挨拶申し上げます。バルザム帝国にて現在宰相を務めさせていただいております、イースティリア・ウェグムンドと申します。……シルギオ殿下」

「懐かしい名ですね。そして、この場に居らぬ方の名です。以降は、お控え下さいませ」

彼は驚いた様子もなく、微笑みすら浮かべていた。

呼ぶなというのであれば、それには従う。

イースティリアは、チラリと墓に目を向けて、問いかけた。

「前当主様の墓標でしょうか。その横にある小さな石も、手入れなさっているようですが」

「名は刻まれておりませんが、こちらも墓標なのです。私の戦友とも呼べる人物の」

墓掃除の道具を片付けて花を手向けた彼は、静かに一度目を閉じた後に、墓の方を向いたまま問い掛けてくる。

「何を聞きたいのでしょう？　当時の出来事でしょうか。それとも、ロンダリィズの真意？」

「どちらも重要なことですが、それは既に見聞きし、また見当がつくことですので」

「なるほど、優秀でございますね。タイア子爵の信頼も厚いようで何よりです」

「恐縮です」

イースティリアも前当主の墓を見つめながら、質問を投げかける。

「今一番の問題である【災厄】について。どこまで把握しておられるのかをお聞きしたい」

「ふむ」

彼は、軽く口の端を上げた。

丁寧に整えた口髭が歪み、そうした表情をするとどこかサガルドゥ殿下に似た面影を感じるが、より鋭さが垣間見える。

「ラスリィ様が話したことが全て、とは思われない？」

「ええ。おそらく貴方は、タイア子爵と同様の情報をお持ちだと思っております」

二人は『直系王族でしか知り得ない情報』を握っている、とイースティリアは思っていた。

その上で、【災厄】に対処する為に手を組んでいるのではないかと。

しかし、心を読んだように彼は首を横に振る。

「タイア子爵と、話をすることはありません。事務的な部分に関しては、一言二言、会話を交わしたことはございますが」

平民の一執事、という立場を崩すつもりはないのだろう。

彼もまた、王兄の一人であるというのに。

「ただ、そうですね。お互いの知り得ることから、【災厄】に関する推測は同様の結論に至っている、と思ってはおります」

「お聞かせ願えますか。タイア子爵は『知る必要がある』と仰いました」

イースティリアの問いかけに、彼はあっさりと頷いた。

「良いでしょう。王家の秘密ですので、決して口外なさらぬよう」

「はい」

彼は、自分の瞳にそっと手をやると、イースティリアにだけ見えるように瞳の色を変える。

紛れもない【紅玉の瞳】が日に照り返るが、彼はすぐに元の黒に戻した。


「帝室の血統は、常ならぬ【災厄】にて現れる存在――【魔王】の直系にございます」


彼のあまりにも予想外な言葉に、イースティリアは微かに眉をひそめる。

「帝王位を継ぐ者が、瞳、肌色、髪色の三種が揃っていなければならない理由は、それが【魔王】の力を継いでいる証故（あかしゆえ）、と伝えられております」

「……申し訳ありません。そもそも【魔王】とは、人なのですか？」

イースティリアの知る限り、そんな事実は現存する文献のどこにも記されていない。

魔物研究の一部として『魔人王が人から変異した存在である』とする推測は一応あるが……それも『人間と同一の言語を操り、ある程度意志疎通が出来た』という事実からの曖昧な結論であり、深く研究しようにも基本的に対象が存在しない。

魔人王や魔王獣が出現しているということは【災厄】が発生しているということであり、その際に倒すべき対象を捕獲しようとした事例など当然ないからだ。

「【魔王】が人であった、という秘された伝承は残っています。子を生せたという事実も」

「伝承のみでは、帝室直系が【魔王】の子孫であるとする根拠としては薄いように思えますが」

イースティリアがそう切り返すと、彼は小さく頷いた。

「疑問は当然ですが、【紅玉の瞳】と特別な光沢を持つ黒髪が、平民を含めても帝室の者以外に存在した、という事例はございません」

「なるほど」

他にない要素、という点での反証であれば、論理としては正しい。

確証には至らない……が、イースティリアは彼の言を受け入れても良いと判断した。

彼は墓を見つめたまま、さらに言葉を重ねる。

「さらに、南東の島国アトランテにも似たような事例が存在していると、私は推察しております」

「それにも、何か理由が？」

「ええ。彼らの出自も我らとほぼ同様……『【魔王】、もしくはそれに類する者を始祖とする血統』だと考えられるからです」

「南東の島国アトランテの王家は、初代が魔獣使いであったとされ、稀に魔獣使いの魔眼の持ち主が生まれる……魔法生物学者として名を知られる公爵令息が現在、その瞳を持っていると」

「私の仮定では、彼らはおそらく【魔王】ではなく魔人王の血統でしょう。帝室と違い、常に瞳を持つ者が生まれ続ける訳ではないことから、影響が薄いか、『力』の封印方法が違う筈です」

「『力』、とは？」

「その話は後にしましょう。今重要なのは中央大陸とその周辺に存在する王家、そのほぼ全てが歴代〝光の騎士〟、あるいは〝桃色の髪と銀の瞳の乙女〟を始祖としていることです。疑問に思ったことはありませんか？」

「申し訳ありませんが」

単純に、国を率いるだけの能力と統率力がある人物だったからこそ、【災厄】にも対処出来たのだと考えていた。

例えば南のライオネル王国は一度王朝が変わっているが、前王室も現王室も〝光の騎士〟を輩出した記録がある。

騎士を輩出したから、当時のライオネルが辺境伯として守りの要になった、とされているのだ。

他にも、前王朝が『子孫である自分達の血統が神から見放された』と危機感を覚えて、中央からライオネルを遠ざけたのでは、という説も、有力視されている。

事実なら、結果として正しい危機感ではあったものの『ライオネルを蔑ろにしたことが内乱と王位簒奪（さんだつ）の発端』とも言われているので、卵が先かニワトリが先かという話にもなるのだが。

それはともかく、イースティリアは質問を受けて、彼の言わんとしているだろうことを口にする。

「女神の祝福を受けた血統の者たちが、帝国を囲むように存在しているのは、帝室が【魔王】の血統であるからだと？」

東には、聖テレサルノ教会の総本山を有し、現在は帝国属国であるクルシード聖教領国。

西には、〝桃色の髪と銀の瞳の乙女〟の血統が四公に分かれたとされる、ノーブレン大公国。

南には、〝光の騎士〟を祖とするライオネル王国。

北には、同様に〝光の騎士〟を祖とするバーランド王国。

彼の言を全て正とした場合、帝国は文字通りそれらの国に『囲まれて』いるのだ。

「あるいは【魔王】の生まれやすい土壌だから、とも言い換えられますね。この地、特に帝都辺りの『旧バルザム王国領』と呼ばれる辺りは、瘴気が濃くなりやすい……魔王獣や魔人王の生まれやすい地域だというのも、理由の一つです。では、何故生まれやすいのかと言えば」

「『力』が、帝都に存在しているから、ですか？　他には、竜脈の位置関係も重要かと思われます。帝都の地下は、四方からの竜脈が最も接近する位置にある……」

その豊富な魔力が累積する土壌によって、帝都付近は土地が豊かだ。

太古に、そうした大地の恵みを求めて人々が集ったので発展したというのが定説であり、同時に魔力が豊富であるから、それが瘴気に変質した時に他の地域よりも危険が大きいのである。

イースティリアの返答に、満足そうに彼は頷いた。

「素晴らしい。宰相閣下は、噂に違わず有能な方だ。……『力』は、正にその竜脈を利用して封印されている、と考えられています」

「封印……先ほど、仰っておられましたね」

「ええ。その封印の一部が、バルザムの血統なのですよ。【魔王】の子孫が、かの地を治めることが封印の条件なのです。それ故に、三種の色が揃った者だけが帝位を継げるとされている」

そこまで明かされれば、イースティリアは彼の言わんとしていることがはっきりと理解出来た。

帝室の歴史を紐解けば【紅玉の瞳】を継いだ者が、肌と髪の色を異にした例はない。

そしてシルギオ殿下のみならず、瞳を含む三種の特徴を持つ者は、どれほどの罪を犯そうとも『幽閉』以上の刑に処されたことがない。


――それが、万一にも【紅玉の瞳】を持つ者を絶えさせない為、と考えるのならば。


「帝都の地下に在る『【魔王】の力』……それが、タイア子爵の移動手段が帝室の者にしか使えない理由でもあり、【災厄】の条件である瘴気が溜まりやすい理由であり、帝室が存続しなければならない理由でもある……ということでしょうか」

「ええ。常ならぬ【災厄】が、幾度起こったのか正確には分かりませんが。初代〝光の騎士〟は【魔王】を打ち倒しました。しかし幾度目かの騎士は討伐に失敗し、『力』を封じることしか出来なかったのだそうです。しかも封じはしたものの、漏れ出た『力』によって、地は広く瘴気に侵された。その際にこの世に生まれ落ちたのが〝神の祭司〟……『神爵』である、と伝えられています」

〝桃色の髪と銀の瞳の乙女〟に癒しの力で劣り、浄化の力で優れると言われるその人物、聖ティグリが、帝都の大地を浄化せしめたのだと。

「……我々の認識する伝承とは、少々齟齬があるようです。それら全員は、神代の代に全員揃っていたと考えていましたが」

「どちらがより正確かは、それこそ神のみぞ知るところでしょうね」

「もう一つ、疑問があります」

「ええ、何なりと」

「『力』が封じられているのに、【魔王】が今代に出現するという根拠は？　封印が緩んでいるということでしょうか？」

「いいえ」

彼は晴れ渡った空を仰ぎながら、イースティリアの疑問を明確に否定した。

「玉座に【紅玉の瞳】が在る限り、封印は保たれます。強大な魔力を帝室の血統が有するのは、漏れ出た『力』が瘴気となる前に取り込み、それを薄め、魔力として消費する役割を担っているからです。根源となる『力』がすり減ることはありませんが、漏れ出た瘴気が封印に影響を与えぬように……直系の者たちは、その媒介となっているからです」

「『力』との親和性……それが、帝室が【魔王】の血筋であるという、真の根拠なのですね」

「はい。『人同士の魔力の受け渡し』に関する研究は、近年盛んですね。魔力の減少に伴う身体の不調などに効果があると言われていますが」

「論文には、目を通しています」

基本的に同一の血統であれば、魔力の質や得意とする分野が似通うことが統計的な事実だ。

『魔力の受け渡し』は、近親者であれば容易く量を受け渡すことが出来、遠縁や赤の他人になるほどに難しくなる、という実験結果もある。

帝室の血統が『力』を取り込めるのは、そうした事例の一種とも捉えられるのだ。

「そして、先ほどの質問のもう一つの答えですが。封じられているのに【魔王】が現れると考える理由は、単純です。魔人王や魔王獣が幾度打ち倒されても複数体出現すること、またそれぞれの個体に関連性がないこと、長い時を跨いで現れることを加味すると……【魔王】という個体も、条件が揃えば複数体同時に存在し得る、と考えるからです」

「……正直な気持ちを申し上げますと、信じたくはないですね。ですが、理解は致しました」

どれほど荒唐無稽であろうと、イースティリアは現状を楽観視はしない。

彼の推察は、話を聞く限り筋が通っているのだ。

「宰相閣下の助けになったのなら、嬉しく思います。対策なども、思い浮かんでおられますかな？」

「ある程度は」

出現のプロセスについて、彼の言葉には多くのヒントが眠っていた。

鍵となるのは、おそらく瘴気。

そして魔人王や魔王獣がこの近辺に現れる可能性が高いというのなら、増大した瘴気はおそらく、封じられた『【魔王】の力』に呼応するのだろう。

「浄化の力に関しては、帝国はおそらくどこの国よりも解明を進め、利用出来るようになっておりますね。タイア子爵の行動の理由に、理解が及びました」

ペフェルティ領の上下水道に設置された、魔導陣式浄化装置。

それは国家間横断鉄道から得られた知見を応用して作られた、魔導機関(エンジン)によって休みなく稼働可能な、画期的なその装置は。

――量産可能な〝浄化の力〟を、サガルドゥ殿下はご用意なさっていた……。


あの方は、どれ程先の未来を見通しておられるのだろう。

天の意志そのものであるかのような、彼にご用意いただいた技術を学び。

できる限り多くを各地に設置し、浄化によって瘴気の影響を抑え込めるのは。

その行動を引き継ぎ、瘴気の発生を抑え込む事業を、成し遂げることが出来るのは。


「これ以降は、帝国宰相である私が引き継ぎます。いと高き方々の努力を、無駄には致しません」


道は敷かれている。

帝室に生まれ落ち、それぞれの道を歩んだ三人の兄弟が……その全員が、帝国の未来だけを見据えて敷いた道が。

もしかすると、王太子であるあの幼馴染みも、今頃、陛下の薫陶(くんとう)を受けているかもしれない。

彼らの努力に応えるのが、イースティリアの仕事だ。

帝室の方々が敷いた道を整備し、広げ、人々の生活が脅かされぬよう、より健やかに在れるよう努めること。

それこそ、イースティリアが……ひいては帝国宰相という役職が、存在する理由なのだから。

「貴重なお話を、ありがとうございました。いと高き方」

「私は平民であり、ロンダリィズ伯爵家の一執事にございます。さて、ここからは私事なのですが」

「はい」

「私はかつて、兄と呼んだ人間に『国とは王である』という旨の話をしたことがございます。優れた為政者の存在が、国をより良くすると思いましたので」

「はい」

「それに対して兄は『国とは民である』という旨の反論をなさいました。民の信頼なくば、王は王たり得ぬから、と」

彼は私事と言いながら、先ほどの話を語った時よりも真剣な眼差しを、こちらに向けていた。

「帝国宰相閣下。貴方はこの二つの考えに、どのような答えを出されますかな?」

そう問われて。

イースティリアが思い浮かべたのは、幼馴染みである王太子レイダックと、その妻ウィルダリアの顔だった。

次代の帝王夫妻である彼らの、自由でありながら己の立場に自覚的な有り様を見れば、その問いへの答えは一つしかない。

イースティリアは、すぐさまその答えを口にした。

「アザーリエ様、あちらでございます」

「わぁ……本当に綺麗ですねぇ」

アザーリエ様は、アレリラの示したものにキラキラと目を輝かせる。

それはたった一輪だけれど、確かに鮮やかな青色の薔薇で、常に朝露に濡れたような光沢を放つ、本当に美しい逸品だった。

青薔薇は、繊細な植物らしい。

魔力を豊富に含んだ土壌が必要かつ世話に手間がかかることに加えて、魔導の知識までも要求されると。

ラトニ氏も、開花に成功したのは人生で数度、今季はこの一輪だけだと言っていた。

「これから訪れる隣国のサーシェス薔薇園では、この青薔薇が大量に咲いているのだそうです。きっと鮮やかで美しいのでしょう」

「わぁ～、見に行かれるのですねぇ～！　楽しそうですぅ～！」

そう会話には応えながらも、アザーリエ様の目は青薔薇に釘付けのようだった。

「相変わらず、爺やの仕事は惚れ惚れするほど丁寧ですねぇ～」

「お分かりになるのですか？」

「ロンダリィズの土仕事は、ここを出て行くまではわたくしの分担だったのですぅ～。今はエティッチがやっていますけど～」

「なるほど」

アザーリエ様の手のひらが固いのは、家事以外にもそうした長年の作業が原因だったのだろう。

『働き者の手』は、貴族社会ではあまり歓迎されてこなかったけれど、ロンダリィズ伯爵家では尊ばれる手であることは想像に難くない。


――――イース様も。


アレリラは、自分の手を見下ろした。

今はグローブで隠れているが、右手の人差し指の関節には厚いペンダコがあり、少し手の形が歪に見える。

けれど、その手をイースティリア様は。

『文字は言葉だ。この手は君が人とは違う形であっても、真摯に人の言葉に耳を傾け、人に伝える言葉を綴ってきた努力の証だ』

と、そう言ってくれた。

「……アザーリエ様は、そのようにお育ちになられたことで、素晴らしい功績を立てられたのですね」

アレリラが呟くと、アザーリエ様がキョトンとする。

「素晴らしい功績、ですかぁ～？」

「はい。アザーリエ様は隣国で、平民の労働に関する法を打ち立てられたと聞き及んでおります。実際に自ら体を動かし、使用人の働きを見ることで、新たなことを成し遂げられた。大変素晴らしい功績かと思います」

それはきっと、アレリラには出来ないことだ。

『新たな発想をする』という行為が、根本的に苦手なのである。

本を読み、知識を得ることは好きだけれど、その知識というのは『人の作り出す新たなもの』や『既に誰かが行ったこと』を学んでいるに過ぎない。

そうした、教科書に載るようなものでなくても。

日常において、例えば弟のフォッシモなどは『発想力』を持ち合わせていた。

水切り、という川に水平に石を投げて跳ねさせる遊びをした時、彼の投げたものが跳ねもせずに水面の上をスーッと流れて行くのを見て、不思議に思って尋ねてみたことがある。

するとフォッシモは、何でもないことのように答えてくれた。

『重いものを地面の上で楽に滑らせる魔術を習ったので、それを石にかけたのです！』

たかが遊び、と言われればそれまでだけれど、アレリラには『目的を定めて作られたもの』を、そんな風に応用してみる発想そのものがない。

魔術自体は知っていても、水切りに使うような石は重くもなく、跳ねるのは地面ではなく水なので『石にその魔術をかける』という考え方自体が出来ないのだ。

それが出来ることを指し示すのが、発想力というような表現である。

道具を上手く使えることと、道具の新たな使い道を見つけることは、全く別の能力なのだ。

「新たな発想をし、それが多くの人々の助けになること。わたくしには、どれほど勉強しても成し得ないことです。それが出来る方に、わたくしは尊敬の念を覚えるのです」

アレリラがアザーリエ様にそう伝えると、彼女は照れてはにかむように顔を俯けながら、口元に曖昧な笑みを浮かべる。

「えへへ、そんな風に褒められると、凄く照れますぅ～。慣れていないのでぇ～」

「失礼致しました」

「全然失礼じゃないですぅ～！　でも、褒めて貰ってから言うことでもないのですけれどぉ……」

「はい」

「わたくしは、全然新しい発想なんかしてないですし、何もしてないんですぅ～」

「それは、どういう意味でしょう？」

アレリラが首を傾げると、アザーリエ様は青薔薇の香りを嗅ぐように鼻先を近づけながら、微笑みのまま答える。

「だって、わたくしはお母様の使用人の使い方を、そのままダインス様にお伝えしただけなのですぅ～。それ以上のことは、何もしてないのですぅ～」

香りを楽しんだ後、アザーリエ様はアレリラに視線を動かして、後ろに手を組んだ。

「実際に法について話し合い、どうしたら良いかを考えて生活を良くしたのは、ダインス様と、それを支えた皆様ですぅ。思いついたのは、使用人を使いながら試行錯誤したお母様ですぅ～。伝えるだけなら、誰でも出来るでしょう～？」

アザーリエ様は、謙遜でも何でもなく、本気でそう思っているようだった。

「でも～、アレリラ夫人のような方々がいるから、伝えたことに意味が生まれるのですぅ～」

「わたくし、ですか？」

「そうですよぉ～。わたくしは何をしてもダメダメなのですぅ～。そんな中で、ダインス様はわたくしの言葉を聞いてくれて、色んな人といっぱいお話しして、凄く頑張って下さったのですぅ～」

アザーリエ様は少し申し訳なさそうな顔をしながら、おそらくはダインス様が今いるのだろう方向に目を向ける。

「アレリラ夫人は、宰相閣下の秘書官をなさっておられるでしょう～？　ダインス様は、そうした方々とも難しい顔でたくさんお話をなさっていました……地道に、問題について一つ一つ解決して行かれるのは『形にする』方々なのですぅ～」

つまり、と彼女はにっこりと笑みを浮かべて、アレリラを手のひらで指し示す。

「アレリラ夫人のような方こそが、本当は凄いのですぅ～」

「そのようなことは……」

「あるのですぅ～。だって人は……特にわたくしは、一人では何も出来ないのですぅ～。使用人の方々や、領民の方々や、ダインス様がいるから、ようやく生きていけるのですよぉ～。アレリラ夫人も、わたくしに出来ないことが出来る、凄い人の一人なのですぅ～！」

アレリラは、その言葉にハッとした。

人が一人で出来ることには、限界がある。

そう、イースティリア様でさえ、数多くの人々の手を借りて生活し、政務に励んでいるのだ。

――――自分とは違う、ものの見方。

イースティリア様の導きで、ボンボリーノとの和解や、この地に至るまでに触れ合ってきた人々の仕事を実際に目にした。

上下水道や祖父の示した未来、ロンダリィズの領地の素晴らしさに、それを主導した人々の華やかさや完成したものや、発想にばかり、目を奪われて来たけれど。

ボンボリーノやアザーリエ様も……きっと一人では、不完全な面ばかりが目についてしまうことが多いけれど、人を惹き付け、世の中をより良くしていく人々の、裏には。

それ以外の、数多くの人々の努力がある。

アザーリエ様のように、彼らの仕事が尊敬に値すると、そう思うのなら。


——わたくし、も？


アレリラ自身も。

自分に出来ることをただこなしていただけの、補佐することしか能のない自分も。

少しは人々の役に立ち、尊敬を受けるに値するだけのことを、出来てきていたのだろうか。

もし、そうなのであれば。


「嬉しい……です」


アレリラは、アザーリエ様の言葉を受け取った。

一般的な貴族女性とは、自分は別の生き方しか出来ないのだと、思っていた。

きっと心のどこかで、他人を理解出来ない自分が落ちこぼれだと思っていたから……ボンボリーノに婚約破棄された時も、素直に受け入れた。

自分の気持ちすら理解出来ない程に、見識の狭かった当時の自分。

その素直な承諾に『諦め』が含まれていたことを、今のアレリラには理解出来る。

「わたくしは……人に誇れるだけのことを……アザーリエ様にそう言っていただけるだけのことを、出来ていたのだと。教えていただいて、ありがとうございます」

アレリラは敬意を持って、淑女の礼（カーテシー）の姿勢を取り、深く頭を下げる。

アザーリエ様と話してみるといい、と、祖父が言ったのは、きっと彼女の考え方がアレリラの身になることだと、気づいていたから。


『アル一人でそれを成す必要などないと、サガルドゥ殿下であれば理解しておられるでしょう』

『そこが、君の弱点だ。他者の言葉が正論に聞こえると、視野が狭まる。世の中には、一面の真理だけが存在しているわけではないから、あまり真っ直ぐに受け止め過ぎないことだ』


貴族女性として普通ではない。

その行動は好ましいものではない。

何かを思いつける者が、一番優れている。

そうした多くの世に蔓延る『多くの常識』に、アレリラは囚われ過ぎていたのだ。

「はぅ……!?　あ、頭を上げて下さい～！　そんな、大したことは言ってないですぅ～！」

「いいえ、未熟なわたくしにとっては、大したことだったのです。お会い出来て良かったと、心からそう思います」

どことなく晴れやかな気持ちで、アレリラは頭を上げた。

「女性として、こうした生き方をしても良いのだと、頭では理解しておりましたが、気持ちが、どこかで納得出来ていなかったのです」

男性だから、という言い方はしたくないけれど。

イースティリア様も、以前の上司も、祖父も。

皆、アレリラの仕事がどういうものであるか理解していたからこそ、認められていた。

アレリラを認めてくれたアーハを筆頭とする多くの女性は、礼儀礼節はともかく、貴族女性としては『正しい』と言われる生き方をしておられる方々だった。

アレリラが凄い、という言葉を、自分で認めることが出来たのは。


ロンダリィズに育ち、異国で『仕事』として偉業を成し遂げた彼女の言葉だったからだ。


「これからも、アザーリエ様の認めて下さった自らの生き方を誇れるよう、精進して参ります」

「え、あ、はい！」

答えに困ったのか、うんうんと頷くアザーリエ様はとても可愛らしくて、思わず顔がほころぶ。

「あの、アレリラ様のお仕事がどんなものなのか、教えていただいても良いでしょうかぁ～？」

「はい。機密に関わることでなければ、幾らでも」

そうして彼女と話すうちに、話題が王族のことに移り変わって行った。

「ダインス様は、お父様のように一番の悪党になりたいわけでもないのに、働き過ぎなのですぅ〜。だから時々思うのですぅ〜。皆を幸せにする側の人たちは、自分を疎かにし過ぎですよぉ〜って」

「それは……もしかしたらそうなのかもしれませんね」

陛下もレイダック様も、イースティリア様も、重い責務を背負って身を粉にして働いているのは間違いない。

けれど。

「帝王陛下は愛妻家として知られておりますし、レイダック殿下もご自身の時間やウィルダリア妃との時間を、蔑ろにしている訳ではありません。イース様も、結婚して以後、わたくしとの時間を大切にして下さっております」

「それは、良いことですぅ〜！　ダインス様も、遅くなっても毎日お家に帰ってきてくれますぅ〜！」

「ええ。そしてわたくしは、ロンダリィズ伯爵家の方々の姿を見て、アザーリエ様とこうしてお話をすることで、一つ思い至ったことがございます」

「そうなのですかぁ〜?」

「ええ」

破竹（はちく）のロンダリィズであろうとも、その実情はごく普通の家族。

そうであるならば。

アレリラは、アザーリエに自分の考えを告げる。

「民を統べる陛下がたもまた、『王族』という為政者であらせられるだけではなく」

イースティリアは、彼に自身の答えを告げる。

「『国とは民である』……私もそのように感じます。ですが、『王族』も、ただ為政者としてあらせられるだけではなく」

時と場所を別にして、二人は、同じ答えを口にする。

「「自らも幸せを得る権利を持つ、帝国の『民』の一人であるのだ、と、そう思います」」

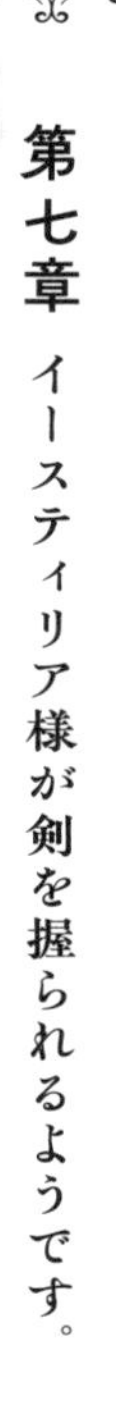

第七章　イースティリア様が剣を握られるようです。

アレリラ達が温室巡りを終えて稽古場に向かうと、激しい剣戟(けんげき)の音と野太い大声が響いてくるのが聞こえた。

「どぅるぁあああぁっ！」

「相変わらずうっせぇな！」

「お父様とダインス様は、今日も仲良しですぅ〜」

「あれは仲が良いのですか？」

木の柵に囲われた中で、お互いに上半身に肌着のみを纏う少々行儀の悪い格好になった二人が、巨大な木剣を手に飛び回っている。

——何故、身長程もある幅広の木剣を振り回して、あんな速さで動けるのでしょう？

身体強化魔術の練度と、肉体の鍛え方が尋常ではないのだろう。

さらに、ちょうどこちらと同じタイミングで、イースティリア様とラトニ氏が稽古場に向かって来るのが見えた。

その後ろにいるトルージュが、瞠目しつつも、どこかウズウズとした様子で二人の戦いに目を向けている。

アレリラが気になって横を見ると、影のように付き従っていたナナシャも、食い入るような目線をグリムド様らに向けていた。


——よく分かりませんね。


戦闘を得意とする方々にとっては、ただ感嘆するばかりでなく手合わせをしてみたいと思うものらしい、と推察は出来るけれど。

「手合わせをお願いしてみますか？」

アレリラがナナシャに提案すると、彼女はパッとこちらを見たが、何かを堪えるように口の端に力を込めた後、スッと表情を消した。

「いえ、失礼致しました。今は職務中ですので！」

「良い心がけです」

近衛が護衛対象の側を離れることは、職務放棄となる。

ロンダリィズ本邸にいる限り、襲われる心配が限りなくゼロであっても職務に忠実な彼女の態度に、アレリラは好感を持った。

「では、次にロンダリィズ伯にお会いする機会があれば、手合わせが叶うように取り計らいましょう。今回は我慢させて申し訳ないですが」

「いえ！　心遣いに感謝致します！」

パッと顔を輝かせるナナシャに小さく頷いてから、稽古場の柵の外に立つ。

するとアザーリエ様がラトニに向かって満面の笑みを浮かべた。

「爺や～、やっと会えましたねぇ～！」

「お出迎えもせず申し訳ございません、アザーリエ様。無事のお戻り、心より嬉しく思います」

「爺やも元気そうで何よりですぅ～」

二人がそのまま話し始めたので、アレリラは近づいてきたイースティリア様に声を掛けた。

「ご用事は済まされましたか？」

「ああ。詳細は伝えられんが、事業計画の見直しが必要になった」

「畏まりました。では、後ほど」

そう答えると、イースティリア様は何故かジッとこちらの顔を見つめる。

「？　どうかなさいましたか」

「いや……どことなく、雰囲気が違うように思った」

「そうでしょうか」

アザーリエ様と話して、晴れやかな気持ちであることは確かだけれど。

「そう仰るイース様も、どことなくご様子が違うように見受けられます」

元々、凜々しい方ではあるのだけれど。

そう、どこか表情がより引き締まり、やる気に満ちているような感じがした。

二人きりの時の柔らかい雰囲気とも、職務中のピシッとした様子とも違う、漲るような活力が放たれている気がする。

どちらかと言えば静かな方であり、澄んだ水に喩えられることが多いけれど。

今はそう、青い炎のように静けさの中に熱を含んでいた。

「天命を得た」

「わたくしも、天啓を得ました」

「では、そういうことだろう。今のアルは、より魅力的に思える」

「……そうですね。イースも」

相変わらず、仕事の話以外は交わす言葉は少ないけれど。

言わなくとも伝わっている、そんな距離感がいつも以上に心地良くて、褒められたことが気恥ずかしくて、アレリラは微笑んだ。

しばらく和んでいると、手合わせを終えたらしき二人がこちらに気づき……ダインス様は、気分が高揚しているのか、湯気が上がりそうな程に火照った体を布で拭いながら、イースティリア様にとんでもない提案をした。

「宰相閣下も、一つ俺と手合わせなど如何ですかな!?　それなりに鍛えておられるようにお見受けしますが！」

——それは流石に。

何せ相手は武で名を馳せる公爵であり、たった今、グリムド様ととんでもない大きさの木剣で打ち合っていた英傑である。

イースティリア様の方がお若いとはいえあくまでも文官であり、お体は引き締まっているけれど、戦うのが得意とも聞いたことがなかった。

「ふむ」

けれどイースティリア様は少し考えるそぶりを見せた後に、なんと頷いてしまわれた。

「良いでしょう。では、一度だけ。少々お待ちを」

と、上着を脱ぎ出したので、アレリラは慌てる。

「イース様、危険では」

「旅行や、後の職務に支障が出るような無茶をするつもりはない」

そう言い置いて、イースティリア様はさっさと稽古場に入ってしまわれた。

——だ、大丈夫なのでしょうか。

アレリラが動揺していると、アザーリエ様にそっと肘の辺りに手を添えられる。

「そんなに心配なさらなくても、大丈夫ですぅ～。ダインス様はお優しいので、宰相閣下を滅多打ちにしたりはなさらないかと～」

「……魔獣を打ち倒せそうな一撃だけでも、心配なのですが」

「……さ、流石に手加減なさると思いますぅ～」


——何故、目を逸らされるのですか。


余計に不安が増してしまう。

イースティリア様とダインス様は、お互いに普通の大きさの木剣を手になさった。

けれど、防具を身につけておられない。

「宰相閣下、よろしいので？」

「条件は対等であるほうが良い、と判断致しました。私は、レイフ公に頼みたいことがあります」

「聞きましょう」

すると、木剣を振って手触りを確かめていたイースティリア様は、スッと真剣な目をダインス様に向ける。

「私が勝った場合。最新式の魔導機関に関する設計図提供、及び魔鉱石の輸入量増加、ある魔導陣式装置の改良に関するバーランドとの技術提携を行うこと。この三点をお願いしたい」

「……ほぉ？」

ダインス様の表情が、それまでの快活なものから、一転してギラリと不穏な気配を感じるものに変わった。

けれど、すぐに獣のような圧をそのままに、不敵に笑う。

「俺が勝った場合は？」

「歴戦の英雄が勝つのは当然では？」

まるで煽るような物言い。

普段とは違う様子のイースティリア様に、アレリラはハラハラしたけれど。

衝撃的なことに、彼もダインス様に応えるように誰の目にも明らかな笑みを浮かべた。

「冗談です。私が負けた場合は、ウェグムンド領で産出される小麦の輸送費をこちらで負担し、帝国女性に大変な人気のある美肌軟膏を優先的に提供し、タイア子爵よりお預かりした光源技術の情報をレイフ公にもお渡し致します」

お互いに、破格の条件である。

北への輸送費を負担するということは、小麦の価格は実質三割引。

美肌軟膏については、帝国内でも供給が追い付いておらず価格が高騰しているもの。

光源技術、つまり人手をほぼ必要としない魔導式の街灯は、まだどこにも技術が公表されていないのである。

決して、こんなにも不利な手合わせで賭けて良い条件ではない。

むしろ交渉でそれらをお互いに提供し、価格を摺り合わせた方が有意義では……というところま

で考えて。

――時間がない、のでしょうか？


と、思い至る。

対等な交渉というものは、お互いに益を得られる素晴らしい手法ではあるのだけれど、お互いに納得するだけの条件を取り決めるまでの議論に、時間が掛かるのである。

イースティリア様もダインス様も迅速な方だろうけれど、お互いに莫大な利益が動く以上、簡単には進まないだろう。

交渉の時間すら惜しい何らかの理由があるのだとすれば、行動に筋が通る。

そして、そこまで急ぐ理由はおそらく現状、一つしかない。


――常ならぬ【災厄】に、何か関わりのあることなのですね。


「なるほど……」

ダインス様は、面白そうに頷いた。

「良いでしょう。代わりに本気でやらせていただきますよ？」

「当然」

そのまま、二人はお互いに木剣を構えた。

イースティリア様は左手の得物を片手で正面に、ダインス様は切っ先を左下に向けるように。

「勝利条件は」

「急所に一撃」

ダインス様の問いかけに、イースティリア様が応えると。

「始めぇ！」

いきなり、ずっと傍観していたグリムド様が開始の合図を口にした。


勝負は、一瞬だった。


アレリラが息を呑むと同時に、ダインス様の姿が掻き消える。

直後に、イースティリア様が脇を締めるように右腕を肋（あばら）の上に添えると、その腕にダインス様の一撃が食い込んだ。

けれど、イースティリア様は踏み止まり……同時に、構えた切っ先を僅かに動かしてダインス様の喉に添える。

二人の動きが止まると、グリムド様が感嘆したような声を上げた。

「お!?　勝ちやがった！　ダインス、テメェの敗けだ！」

「嘘だろ……!?」

目を見開いていたダインス様が、信じられないとでもいうように木剣を下ろすと、イースティリア様も退いた。

「手合わせ、ありがとうございました」

「おま……ウェグムンド侯、腕は大丈夫か⁉　俺が止める前に差し込んだだろ⁉」

木剣が直撃したので折れていないか、と焦った様子を見せるダインス様に、イースティリア様は腕を振りながら、何でもないことのように答える。

「防御魔術は得意ですので」

確かに異常はなさそうで、アレリラはホッとした。

横で、アザーリエ様も驚いている。

「ふえぇ……ダインス様があんなにあっさり負けたの、初めてですぅ〜！」

「そう……でしょうね」

未だに信じられない。

ダインス様も納得出来なそうに、首を傾げていた。

「何故、俺の一撃が見えた？」

「見えませんでした。予測しただけです」

「予測だと？　初見だろう？」

「ええ。ですがレイフ公の切っ先の位置と、聞き及んだお人柄を考え合わせれば、文官の命である小手も、危険の大きい頭と喉も狙わないと考えました。となれば、後の急所は両脇です。最速で一撃を叩き込むのなら、切っ先を置いた側と」

イースティリア様が使用人に木剣を預けながら説明し、微笑みを浮かべる。

つまり、ダインス様に告げた『急所に一撃』という条件すら、意識をそちらに誘導する為。

「一撃さえ防げば、頭の位置が正面の切っ先を軽く動かせば届く場所に来ます。……レイフ公は私の防御魔術を知らないと判断しての、ただの奇襲です。もう十度やれば、十度負けるでしょう」

「……してやられたな」

悔しそうなダインス様に、イースティリア様は淡々と続ける。

「条件そのままとは行きませんが、見返りとして、小麦の提供に関しては、一割引をお約束しましょう。美肌軟膏も、私用の範囲であれば。光源技術に関しては、預かったのは私ではなくアルなので、彼女と交渉をお願いします」

「ガッハッハ！」

そこで突然、グリムド様が爆笑した。

「イースティリア、お前、負ける気なんか微塵もなかったな!?」

「勝機のない提案はしない主義です」

こちらに戻って来たイースティリア様に、アレリラは珍しく苦言を呈する。

「……心臓に悪い、と進言させていただいても？」

「済まない。好機と思った」

「今後なるべく、お控え下さい」

「善処しよう。上下水道、及び土壌改良計画が進展する点については？」

「見事な采配であったかと」

上下水道の中長期計画については、必要な鉱物の輸入量が増えるのであれば、進展を見込める。

土壌改良計画に関して旅行中話し合うことはなかったけれど、予算を増やして早期に進めるということだろう。

それがどう【災厄】と関係あるのかは分からないけれど。

「また後ほど、土壌改良計画についてもある程度資料を揃えておくよう、帝都へ指示を出しておきます。覚えている限りであれば、書き出しますのでお申し付け下さい」

「頼む」

そんな会話を聞いて、アザーリエ様がポカンとした顔をしていた。

「お二人が何を話しているのか、さっぱり分からないですぅ～」

するとラトニ氏が、可笑しげな笑みを堪え切れないように僅かに顔を俯けた。

「ラトニ氏。如何なさいました？」

「いえ、大変、失礼を致しました」

咳払いをした老執事は、どこか眩しげに目を細める。

「――帝国の未来は安泰だと、そう思った次第にございます」

終章① とある事務官の個人的な記録。

【査察とその後の進展に関する記録　アレリラ・ウェグムンド】

隣国での交渉を滞りなく終えての、帰還後。

帝都近辺の上下水道及び土壌改良計画は、後から見れば順調に進行したと言える。

水質改善の魔導陣式浄化機構を使った水道整備は、元老院で一悶着あったものの異例の速度で予算が組まれ、施工を開始。

帝都周辺に集中した大規模な整備と並行して、ペフェルティ領と北国バーランドの技術者を召集。

帝都に隣接したウェグムンド領北部でも、私財を投じて同様の工事を実行した。

また、国際魔導研究機構及びアトランテの魔獣研究学者と共同で、瘴気の発生条件と発生域の調査を行い、竜脈の活性や魔物の強大化との関連性を確認。

その際に『探索者(シーカー)』と呼ばれる、規定の住所を持たず、各地で魔物退治や貴重品調達を生業として生活していた民間の人材を大量に投入した。

彼らを十分な報酬で雇い入れた結果、副次的効果として治安の向上を確認。

またイースティリア様の予測通り、ペフェルティ銀山とウェグムンド金山で【魔銀(ミスリル)】が採掘された。

これに伴い、ロンダリィズ鉱山と合わせて帝国の【魔銀(ミスリル)】の産出量が増加したことで、軍備増強が飛躍的に進展。

ロンダリィズ領との提携でゴーレム量産計画が推進され、イースティリア様は強大化した魔物の発生域の中でも、人類未踏破域に積極的にこれらを配備した。

兵站を求めない戦力ではあるものの、整備を必要とする為そちらの金額が増大する懸念から起こった一部反対を押し切って、イースティリア様は強行した。

さらに整備よりも量産を重要視し、『使い捨て』を前提とした運用を行った結果、辺境域の魔物被害が目に見えて低下した。

後年、稼働停止したゴーレムの回収作業が事業化したことは別の話である。

土壌改良計画については当初、浄化装置の改変を主体とする予定だったが、こちらの開発は難航。

しかしウルムン子爵が、エティッチ様と共同研究を行い、エリュシータ草の高純度微細結晶化に成功した。

これを大地に撒くと、作物の生育を補助するのみならず、瘴気の発生が抑制されることが実験により証明され、陛下の認可の下、イースティリア様が即座に土壌改良計画に投入。

【魔銀（ミスリル）】の各国輸出によって確保した利益を投入し、結晶を精製する為の工場を設立。

微細結晶を撒く人員の確保は、大街道計画の整地に伴って、同時に微細結晶を周辺地域へ散布することで対応した。

後に、これが【復活の雫（フィロソラピドロ）】と呼ばれるものと学会に認められ、ウルムン子爵は二つの薬を開発した功績を認められ、伯爵に陞爵（しょうしゃく）された。


全ての計画の要である【災厄】対策は順調かと思われたが、そのさらに半年後に、大公国にて突発的に高濃度の瘴気が発生。

帝都において何かしらの大地に眠るモノが反応し、帝都周辺のみならず、帝国全土で瘴気濃度が一気に増大した。

その後、局地的に【災厄】の発生を確認。

事前準備で、ある程度抑制されていた瘴気による土壌汚染と魔物の強大化が、瘴気増大によって大幅に進行。


が、仮称【魔王】は出現せず、魔人王と魔王獣のみ出現記録が報告された。

聖剣の複製（レプリカ）と【魔銀（ミスリル）】装備を配給された帝国軍及び、隣国より派兵された〝光の騎士〟と〝桃色の髪と銀の瞳の乙女〟がこれに対応。

魔人王、魔王獣共に討伐されたものの、再活性した魔物の強大化により、各地で被害が拡大するかに思われた。

しかし火急の事態に伴い、属国区にある聖教会総本山にて『神爵』が現出。

後に調査したところ『神爵』現出に際して起こった『帝都発光現象と光の粒子散布域拡大』は【復活の雫（フィロソラピドロ）】及び浄化装置が現出に呼応した現象であり、それによって帝国全土を襲った瘴気の増大も再び沈静化したことが後に分かった。

結果的に【災厄】被害は最小限に抑えられ、計画は成功したと発表された。

終章② 侯爵夫妻と伯爵夫妻。

――イース様は、結局【災厄】が起こってしまったことを気に病んでおられたけれど。

あの方の早急な事前対処がなければ、仮称【魔王】の現出が起こった可能性も、『神爵』の出現の際に量産された浄化装置が呼応せず、被害が現在よりも大きかった可能性もあった。

なのでアレリラは『十分な成果を挙げておられます』とお伝えしておいた。

オルムロに呼ばれ、記録を纏めかけた日記帳をパタンと閉じて、手配していた馬車へと向かう。

そのまま宮廷の宰相執務室に赴くと、姿勢良く執務机に向かっているイースティリア様へ近づき。

いつものように、直立不動の姿勢でお腹に両手を添え、アレリラは声を掛ける。

「宰相閣下、お話があります」

「聞こう」

手を止めたイースティリア様に、アレリラは少し緊張しながら口を開いた。

「懐妊致しました」

ここ最近微熱が続いており、休んで医師にかかるよう通達されていたアレリラは、診察を受けた結果を報告した。

三人の秘書官と、アレリラの休暇に伴い出勤してくれていたミッフィーユ様がざわめく。

「そうか」

「はい」

「本日は自宅にて療養するよう、と伝えておいた筈だが」

「職務の割り振りに支障が出る前に、早急にご報告すべきと判断致しました」

イースティリア様の問いかけに、アレリラはいつも通りに答える。

もちろん、もう二年近く経っているので自分がいなくとも十分に仕事は回るようになっていた。

イースティリア様の行動速度や職務量に秘書官達がついていけていなかった部分についても、筆頭秘書官補佐の任に就いたニードルセン氏が全体を見て優先順位の指示を出し、カバーしていた。

またヌンダー氏が身体強化魔術の練度を上げることに成功した為、作業量についてもある程度は対応可能となっており、ノークがその二人の手の届かない部分の補助を黙々と行うことで、ある程度上手く回っている。

ミッフィーユ様は特に、頭の回転が速くイースティリア様との付き合いが長いこともあって、誰の代役もある程度出来るくらいに成長していた。

「アレリラ様――――!!　おめでとうございます――――!!」

そのミッフィーユ様が、きゃー！　と歓声を上げてノークと手を握り合い、ぴょんぴょんと跳ねた後、ツカツカとイースティリア様に詰め寄る。

「ちょっとお兄様!?　アレリラ様がおめでたですのに、何でそんないつも通りの鉄仮面なんですの!?　少しは喜んでも良いのではなくて!?」

「職務中、及び公式な場では宰相閣下、もしくはウェグムンド侯爵と呼べと言ったのは、これで通算320回目だ」

「どうでも良いですわ！　これから子を育むアレリラ様に、感謝の言葉の一つも述べられては!?」

「それは、その通りだな」

書類から目を上げたイースティリア様は、小さく頷いた。

「ありがとう、アル。私の子を宿してくれたこと、心から嬉しく思う」

「職務中では？」

少し冗談まじりにアレリラが微笑んで首を傾げると、イースティリア様も小さく笑みを浮かべられた。

「君は休暇中だろう。つまり今は、筆頭秘書官ではなく私の妻だ」

「仰る通りですね」

そう答えると、イースティリア様は頷いてから再び表情を消し、手元の書類に目を落としながら言葉を重ねる。

「では、君の休暇に関する申請を行おう。こちらで手配しておく。君は今すぐに屋敷に戻って休むように。道中も細心の注意を払うことだ。必要なもののリストに関しては、侍女に作成させ、君自身は行わないよう」

「閣下」

「それと、出産までに助けとなる侍女の増員も必要だな。ケイティとオルムロに指示を出しておこう。ああ、妊娠中は食事に気を付けなければならないとも聞く。詳しくないので、後ほど資料を読んでおこう」

「イースティリア様」

「申し訳ないが、母上にはある程度侯爵夫人の仕事を代行して貰えるか打診するよう手紙を出す。心細ければ、ご母堂であるダエラール夫人を屋敷にお呼びしても良い。判断はアルに任せる」

「イース」

ついに愛称で呼ぶと、ようやくイースティリア様は再度手を止めてこちらを見た。

「どうした」

「落ち着かれませ。今は職務中であり、休暇の申請以外は私事です。お暇(いとま)は致しますが、どうか職務に戻られますよう」

「……確かに、そうだな」

「お、落ち着いてなかったの……？　いつも通りに見えたのに……」

イースティリア様がまばたきするのに、ミッフィーユ様が呻(うめ)いた。

なので、アレリラは一つ頷きかける。

「お伝えした時から、大変浮かれておいでです。職務中に職務を忘れる程度には」

「嘘でしょ……!?　ていうか、何で分かるんですの!?」

「夫婦ですから」

何故か愕然とするミッフィーユ様に、そう答えて。

「では、失礼致します」

と、アレリラがイースティリア様に背を向けると、後ろからお声が掛かった。

「アルはそう言うが、言いつけを破り、体調不良を押して報告にきた時点で、君もかなり浮かれているだろう」

「そんなことはございません」

否定しつつも、図星を指されて耳が熱くなったので、そそくさとその場を後にした。

後日、アレリラが子どもの生活の世話と教育を専属に行う侍女として選定したのは、二名。

一人は以前、懐妊して体調を悪くした下働き。

よく働くこと、第二子をお腹に宿していたことから、侯爵家での子どもの高等教育と引き換えに、乳母としての仕事も頼んだ。

庭師である伴侶と共に元々侯爵邸に住み込んでいたので、彼女は快諾してくれた。

もう一人は、以前、アレリラに対して使用人と言葉を交わすことに苦言を呈してきた侍女。

一通り下働きの仕事を経験させてから侍女に戻していた彼女については、元々貴族子女で教養がある為、主に教育面を担当して貰うことにした。

侍女に戻った後は、気持ちを入れ替えたようで帝国施策について勉強していた、という報告を、ケイティ侍女長より聞き及んでいたのだ。

ウェグムンド侯爵家の『出自を加味しない実力主義』が帝国全体の潮流であると誰よりも理解している、と判断してのことだった。


――より良く、です。


不満の出ない采配など、基本的にはあり得ないことを、アレリラはもう知っている。

そして不満が出ようとも、未来がより良くなるように、数多くの前例を作ることの大切さも。

常識ではあり得ない、下働きを乳母にすることも。

一度失敗した者が反省した時、その後の功績で許すことも。

間違った常識であれば、従う必要などないのだと……打ち崩して良いのだと、理解出来るようになったのは。

「アル」

「お帰りなさいませ、イース」

誰よりもアレリラを認めてくれる、愛おしい目の前の旦那様と、出会えたから。

「いや～ん！　ボンボリーノ、子どもですって～！　跡継ぎよぉ～！」

「えー!?　本当にー!?」

部屋での診察を終えて満面の笑みで報告して来たアーハに、ボンボリーノも満面の笑みで答えて、ギュッと抱き締めた。

「やったねー！」

「ちょっと長かったわねぇ～！」

「え～？　そぉ～？」

確かに結婚してから五年以上経っているので、長いのかもしれない。

その内出来るよね～と、あんまり気にしてなかったけど、たまに母上から言われたりするのを、アーハはちょぴっと気にしていたのかもしれない。

「最近、いつも以上にお腹が空いて困ると思ってたのよぉ～！」

「そうなんだー！　……あれぇ～？　そういえば、子どもが出来ると、女の人は体調が悪くなったりするんじゃないのー？」

母上はつわりっていうのが凄く大変で、妊娠中寝たきりになって、ボンボリーノを産んだ後は、『もう子どもを産むのはやめておいたほうがいい』ってお医者さんに言われるくらい大変だったらしいんだけど。

そーゆー事情がなかったら、多分ボンボリーノが爵位を継ぐこともなかった気がするけども。

しかしアーハは、ずーっと、いつも通りに元気だ。

診察を受けたのは、元気だけど『乙女の日』が来ないから、という話だったし。

「体調は全然悪くないわねぇ～。うちの家系は凄く頑丈なんだって、お母様が言ってたから、それでじゃないかしらぁ～？」

言われてみれば、アーハが風邪を引いたり体調不良だったりするのを見たことはない。

それで言うなら、ボンボリーノ自身もそうなのだけど。

「バカは風邪引かないって言うから、それでかなー！」

「そうかもしれないわねぇ～！」

「お腹が空いたなら、美味しいお菓子でも食べに行こうかー！」

「いやーん！　良いわねぇ～！」

そんな風に、あはは、と二人で笑い合っていると。

「いいわけないでしょう！　奥様、お医者様から『あまり太り過ぎると出産の際に大変ですよ』と申し伝えられたのを、もう忘れたのですか!?」

「兄上の言う通りです！　それに待望の跡継ぎを身籠られたのですよ!?　ご自身を大切に！　出歩く頻度は抑えてください！」

と、話を聞いていたキッポーとオッポーが、いつも通りに口煩く文句を言ってきた。

「えー？　やりたいことガマンするのって体に悪いじゃんー？」

「そうよぉ～！　お腹ペコペコなのよぉ～！」

「「ダ　メ　で　す　！」」

二人に本気で怒られて、アーハがしょぼんとした顔でお腹をさするので、ボンボリーノは珍しく真剣に考える。


――えーっとぉー、お腹が空いてるのは辛いから～。


「あ、そーだ！　ハニー、ちょっと待っててねー！」

と、ボンボリーノは自分の部屋に駆け足で戻り、机の上に置いておいた無色の飴玉瓶を持って、戻ってきた。

「これあげるよー！」

「あら～？　見たことないアメねぇ～？」

「これさー、ちょっと前にタイア子爵に貰った草を混ぜて作ったんだよー！」

なんか帝都が大変になるちょっと前くらいに、『育てるのが難しいが、君なら大丈夫だろう。体に良いものだよ』と肥料と一緒に貰ったのだ。

なんかすんごい草らしいけど、その時はいまいちよく分からなかった。

食べてみても味がしないから美味しくもないし、すり潰すとなんかキラキラしてる、妙な草。

サラダにしても味がないのに青臭いし、煮濾(にこ)してもアクの代わりに塩みたいな結晶が出てきて、じゃりじゃり食べにくいし。

だから、アメに混ぜてみたのだ。

慣れるとクセのある臭いも悪くないと思うんだけど、その時はあんまり美味しいと思わなかったから、アーハにお裾分けはしなかった。

作ったのは、去年の社交シーズンで帝都に戻る直前。

余ってた分は、エティッチ嬢経由でそこそこ話すようになったウルムン子爵にあげた。

なんかめちゃくちゃ疲れた顔してたし、薬草に詳しいらしいから、って、特に深い意味はなかったんだけど。

そしたらなんか顔色変えて根掘り葉掘り作り方を聞かれて、最後は『それだ！』って言ってダッシュでどっか行っちゃった、なんてこともあった。

「食べてみなよー！」

と、一粒あーんしてあげると、アーハは口の中でころころした後。

「甘いけど、なんだか青臭いわねぇ～？」

「そうなんだよねぇ～。でも慣れると悪くないし、体に良いらしいから、きっとお腹にもお腹の子どもにもいいよー！　それにさー、これ食べるとちょっとお腹膨れた感じになるんだよー！」

「そうなのぉ～？　あ、ホントねぇ～！　ちょっとペコペコじゃなくなったわねぇ～！」

と、アーハは喜んだ後。

ふと気づいたように、こちらに目を向けた。

「あら～？　そういえば最近ちょっとボンボリーノが痩せてきた気がしてたけどぉ～、もしかしてコレのお陰かしらぁ～？」

「そぉ～？」

と、アーハにほっぺをむにむにされながら、ボンボリーノはお腹を叩く。

そういえば、これを食べ始めてから体が軽いような気もした。

「確かに～、ちょっとお腹の感触が違うかも～！」

「ぷよぷよのボンボリーノも良いけどぉ～、昔みたいに痩せてるボンボリーノも素敵よぉ～！」

「ありがとー！　ハニーもどんなハニーでも素敵だよー！」

「いやーん！　ありがとぉ～！」

と、またイチャイチャしていると、うんざりしたような顔をしているオッポーとキッポーが口を挟んでくる。

「また妙なものを作って……まぁ、タイア子爵からのものなら間違いはないでしょうが」

「何なのです、その貰った草というのは」

「えーっと……何だっけ？」

名前を覚えるのが基本的に苦手なボンボリーノは、しばらく首を捻って、なんとか思い出す。

「あー、多分、えりゅした草とかいう名前！」

「「エリュシータ草!?」」

「あれー？　知ってるのー？」

　何だか驚いている二人に、ボンボリーノは一応伝えておく。

「結構育てるの簡単だったから、領地の畑にいっぱいあるよー？　貰った肥料はすぐになくなっちゃったけど、草をキラキラにしたら育つの発見したし～」

「あらぁ～。いっぱいあるなら、もしワタシもこれで痩せたら『痩せるアメ』って販売するのも良いわねぇ～！　きっと売れるわよぉ～！」

「そーなの～？　ハニーが売りたいなら、売ってもいいよー！」

　美味しくないけど、体には良いらしいし。

　ボンボリーノが許可を出すと、オッポーとキッポーがキランと目を見交わした。

「キッポー」

「分かってますよ、兄上。……商機、ですね」

「御当主様の認可が出たということは、そういうことです」

「書類を事前に準備しましょう。エリュシータ草の栽培方法と、アメの製法に関する特許申請も予め行っておきます」

「何の話～？」

「何でもありません。御当主様はいつも通り、書類を読んでサインするだけで良いです」

　と、何だか仲間外れにされたけど。

「ま、いっか～！　ハニー、改めてありがとねー！　生まれるの楽しみだねぇ～！」

「ワタシもありがとぉ〜！　ボンボリーノと結婚して良かったわぁ〜！」

そんな風にいつも通り、ボンボリーノは幸せだった。

ハニーのお腹も、ちょっと満たされたし。

だけどその後『痩せるアメ』が大ヒットして、同時にエリュシータ草の加工特許使用料とかいうのの利益がめちゃくちゃ大きくなることを、この時のボンボリーノは全く知らなかった。

銀山とか、ウェグムンド侯爵に渡してる【魔銀（ミスリル）】分まで含めても、比にならない程に。

なんか面会とか色々増えて、アーハや子どもと楽しく過ごす時間が減ってしまい……我慢の限界が大爆発したボンボリーノが、そーゆーのの権利を全部キッポー達にあげてしまうことも。

結果、二人が立ち上げた『オーキー商会』が、財閥になるほどの大成功を収めることも。

その永久名誉顧問に就任させられ、一生お金に困らずたまーにアドバイスするだけで、畑をいじりながらアーハとイチャイチャ出来る生涯を送ることも。

ちっともちっとも、知らなかった。

ボンボリーノは、何も知らないのだ。

自分の『助言』と『采配』が、どれほどの幸せを多くの人々に与えたのかも、一生知ることも、知ろうとすることもなかった。

大家族になった親類に見守られながら、アーハと共に世界最長寿夫婦の生涯を終える時まで。

――ボンボリーノは、ただ、幸せだった。

後に、アレリラ・ウェグムンド侯爵夫人の生涯を描いた伝記が出版された。

彼女は貴族学校首席卒業後、歴史上初めて、女性として帝国行政に関わる事務官として就職。

その後、己の才覚ひとつで筆頭宰相秘書官までのし上がり、宰相閣下に見初められて侯爵夫人となった。

結婚後に金山をペフェルティ伯爵から譲渡され、やがて【魔銀(ミスリル)】の産出地となった鉱山の莫大な資産で、民の生活を豊かにする数々の事業を起こし、その全てを成功させた。

その事業では、特に職を求める女性を優先的に数多く採用し、女性労働者の地位を確立した。

子もなしており、一人娘が手を離せない年頃以外は継続して筆頭宰相秘書官も務め続け、北国バーランドの施策を参考に、帝国内の労働や女性に関する法を提案してその整備に努めた。

また彼女は、美にも聡かった。

侯爵領内で生産され、彼女が窓口となって販売した美肌軟膏は、成功事業としての利益のみならず、侯爵夫人としての彼女の交友関係に多大な影響をもたらしたことで知られる。

故に貴族女性社会でも、彼女はその地位を確かなものとしていたという。

侯爵夫人、事業成功者、宰相秘書官の三つの顔を持ち、『その全てにおいて完璧であった』とされる彼女だが、出自はただの一子爵令嬢であり、その異色の経歴と成功はやがて多くの女性達の希望や憧れとして語られるようになった。

次代で成功者となった女性達の多くが彼女の指導を受け、また尊敬の意を表明していることが、かの女性がどれ程の傑物であったかの証左であると言える。

だが、所作こそ完璧であった彼女は、見方を変えれば利点とも言えるが、多くの場合で欠点と言える部分が一つあった。


その美貌に表情を浮かべることが、壊滅的に苦手であったと言われているのだ。


彼女の無表情と、鉄の微笑み以外の表情を見た者は、それ程多くはない。

伝記の著者らは希少で幸運な数人であるが、それでも『見たことがあるのは数度、それも宰相閣下と共にある時のみであった』と記している。

そうして伝記の最後をこう締め括り、それが後の世での彼女の異名となった。

アレリラ・ウェグムンド侯爵夫人は、傑物である。
あれ程の人物が、イースティリア・ウェグムンド宰相閣下という、もう一人の傑物を伴侶に得たことはお互いにとって最良であっただろう。
著者らは限りない敬意と少しばかりの嫉妬を込め、その成功の元手となったある鉱物になぞらえて、彼女をこう呼ぼう。

――〝魔銀（ミスリル）の女傑〟と。

この伝記の筆を執る栄誉を与えられたことに、深い感謝を込めて。

共著

筆頭帝国秘書官　ニードルセン・ポリオ準男爵
元・帝国秘書官　ヌンダー・マンゴラ準男爵
元・帝国秘書官　ノーク・パエリ準男爵

了。

アフターストーリー①　とある伯爵の表彰。

「身の丈に合わない……」

ポツリと聞こえた旦那の言葉に、エティッチはプッツンと堪忍袋の緒が切れた。

「またそんなこと言ってるんですの!?」

旦那のコロスセオ・ウルムン伯爵は、【災厄】に対抗する為の二種類の薬を復活させた、紛れもない帝国の功労者である。

その薬が、【災厄】後の今も、どれ程魔獣退治や食糧生産の役に立っていると思っているのか。

また、空輪手段として現在主流になりつつある、グリフォンの気分を落ち着かせる効能があるとかで、その育成や管理にも【復活の雫（フィロソラピドロ）】が一役買っていた。

コロスセオは元々、『酒癖が悪い』ということで悪評が立っており、そんな噂話を、アレリラ様の前で楽しくお茶会の肴にしていたのも懐かしい記憶だ。

けれど彼本来の人柄は、ちょっと変わり者で小心者なだけ。

お酒も元々好きだった訳ではなく、人と話すのが苦手なコミュ障故に、その力を借りていただけらしい。

酒を一切断ち、エティッチと付き合い始めたことで徐々に変わり、『穏やかな人物』などと評されるようになっていた。

今や、学会でも薬草学の第一人者だ。

さらに『卑金属を貴金属に変える『錬金』が、金銀を【魔銀(ミスリル)】に、そして【聖白金(オリハルコン)】に変化させる伝承が間違って伝わったものだ』という証明をエティッチの兄であるスロードと共同で行い、表彰される式典の直前なのである。

「貴方は凄いんですのよ!?　なのに何でそんなにず～っと自信が芽生えないんですの!?」

人の本質はそうそう変わらないとはいえ、あまりにもコロスセオが自分の功績に無自覚過ぎる、と思ったエティッチだったけれど。

「いや、そ、そっちじゃないんだ……」

「じゃあどっちなんですの!?　ま～だわたくしと結婚したことが身の丈に合わないと思ってるんですの!?　それをまた言い出すなら今から離婚しても宜しくてよ!?」

「え、エティッチ～。ちょっと落ち着いた方が良いですわぁ～」

そこで、少々引き気味の姉の声が聞こえて、エティッチはハッと我に返った。

「ご、ごめんなさい、お姉様」

式典は帝都で行われるのだが、コロスセオと兄の表彰である為、ロンダリィズの者は全員招かれている。

当然、隣国に嫁いだ長姉のアザーリエもだ。

ここは、ロンダリィズ一家の控え室なのである。

お父様とお母様、そしてお兄様はまだ来ていないけれど、せっかく帝都に来ているのだからと商談や面会にでも行っているのだろう。

エティッチが口をつぐむと、姉のアザーリエがふんわりと微笑みながらコロスセオに問いかける。

「それでぇ〜、コロスセオ様は、何が身の丈に合わないんですのぉ〜？」

「いえ、その……」

普通の男であるコロスセオは、姉の色気に当てられるので極端に彼女から目を逸らしつつ、小さく答えを口にする。


「嘘を、つ、き、続、け、る、のが、心苦しいのです……」


そう言われて、エティッチは鼻を鳴らした。

とりあえず人払いをして、遮音の魔術を部屋にかけた後、再度コロスセオを怒鳴りつける。

「馬ッ鹿じゃないですの⁉『貴族たる者、悪辣たれ！』というロンダリィズの家訓を、貴方もその身に叩き込んでは⁉」

「君も、今はロンダリィズじゃなくてウルムン夫人じゃないか……」

「関係ありませんわぁ〜！　悩みが毎度毎度くだらないのですわぁ〜ッ！」

キー！　と地団駄踏むエティッチの横で、姉も『わたくしも、嘘をつくのは苦手ですぅ〜』などとほざいている。

「その本性を誰にも見せないで〝傾国の妖女〟を天然でやってたお姉様が、なぁに戯言を口にしてるんですの!?　お義姉様は息を吐くように嘘をついてますわ！」

「ふぇえ……!?」

姉が視線を泳がせると、コロスセオが口を挟んでくる。

「だって、エティッチ。【賢者の石】生成も錬金も出来るって証明したのに……真逆の成果を発表して表彰されるなんて……その上、一生隠し通さないといけないいんだよ……？」

「タイア子爵とお父様、それに帝王陛下の決定ですわ！　拒否権なんかありませんでしょう！」

『とんでもねぇお宝を隠すのも、悪党らしくていいな！』というお父様の鶴の一声に、タイア子爵に加えて爺やまで賛同したら、ロンダリィズでは誰も異論など口にしない。

そしてこれらの研究には、そのタイア子爵も携わっているのだ。

秘密裏に発掘して研究していた古代文明の成果を、転用した技術だからである。

ただし【賢者の石】の効能は不老不死ではなく不老長寿、かつ、特別な適性のある人しかその恩恵を受けられないもの。

錬金法に関しては、金の価格を超えるほどの膨大な鉱石が必要になり、高価な触媒も必要とあって『作るより掘った方が安いし早い』という研究なのだ。

同時に『竜脈の移動による生成の原理』に関しても解明したが、こちらがおそらく人々の想像する錬金の法に近いものだろう。

ただ【災厄】に関わる話なので、そちらも現状は黙っておかなければならない。

もし今後それが訪れた際に、【魔銀】が先に掘り尽くされて不足する、などということになれば、一大事だからだ。

そもそもこの件を陛下を含む三人が秘匿することに決めたのは、高度な社会を築いていた古代文明が滅んだ原因が解明されたからだ。

あろうことか古代文明は、【災厄】に襲われて経済がガッタガタになった後に、バカな権力者が【賢者の石】や【魔銀】を求めて争ったせいで滅んだのだという。


顚末が、お粗末過ぎる。


「公表しても誰も幸せにならないんだから、悪い嘘ついてる訳じゃないでしょう！」

「それはそうだけど……苦手だから……」

本質的に善良過ぎて、ため息の出る旦那である。

もっと悪口陰口大好きで、腹の探り合いを楽しむ自分やカルダナ、クットニを見習ってほしい。

「……貴方の尊敬する宰相閣下も、【復活の雫】のヒントをくれたボンボリーノ様も、お認めになったのよ？」

これは本当に大きな声では言えないので、遮音の魔術があってなお、エティッチは声を潜める。

イースティリア様はタイア子爵に相談された時、『【賢者の石】が欲しいか否か』を、何故かボンボリーノ様に問いかけられたそうだ。

すると彼は『え〜？　元気に長生きするだけなら、そんな石使うより美味しいもの食べて遊んだ方が健康に良いよー！』と答えたらしい。

という話を、エティッチはボンボリーノ様の口から、ペフェルティ伯爵家昼餐会の時に聞いた。

その時に一緒に招かれていたイースティリア様が、アレリラ様に『ペフェルティ伯爵に何かを判断させる場合は、本当に毎回、口止めをしてください』と注意されている珍しい光景を見たのだ。

「悪にもなり切れないし、本当に貴方は頼りないですわね！」

「面目ない……」

手のかかる旦那に、またため息を吐いたエティッチは。

「『嘘で表彰されるのが心苦しい』、じゃなくて、『皆の為のお仕事』だと思えば良いのではなくて？　実際、公表するのが危険なことくらい、貴方には分かるでしょう？」

「うん……そう、だね」

宰相閣下とボンボリーノの名前を出した後から、少しだけ曇った表情が戻りかけているコロスセオが、何度も小さく頷く。

「宰相閣下も……そうだ、荷が重いって言っても仕事なら、大街道整備計画よりは……」

「そうでしょう!?　うちの領地まで開通したあの街道作った時より、全然軽い仕事よ！」

「あの街道、凄いですぅ〜。国家間横断鉄道と合わせて、帝都まで来るのがすぐでしたぁ〜。ウィルダリア様が、毎年のようにレイダック様とうちに来るのは、ちょっとダインス様が警備大変って言って困ってますけどぉ〜」

姉のちょっとズレた賛同に、エティッチはうんうんと頷く。

コロスセオを無理やり納得させられそうなので、勢いで押し切るのだ。

「納得しましたわね!? ちゃんと、納得しましたわね!?」

「した。出来た、と思う」

「なら、しゃんとなさいませ!」

コロスセオのちょっとズレたタイに手を伸ばして、それを直しながらエティッチが言うと。

「うん……ありがとう」

「まったくもう!」

本当に、コロスセオは自分の凄さが分かっていない。

イースティリア様やアレリラ様がいるせいで霞んでいるけれど、普通、帝国行政と薬草学の学者という二つの立場を同時にこなせる人間など、そうそういないのだ。

このネガティブなところがなければ、顔立ちも好みだしちょっとコミュ障な性格も可愛いし、完璧なのに。

そんな風に思いながら、エティッチは彼に向かって笑みを返した。

アフターストーリー② 三枚の手紙。

「いや、どうしろってんだよ……！」

三枚の手紙を前にしたフォッシモは、自室で呻いていた。

姉らが新婚旅行で領地を訪れた辺り……いや、姉が義兄と婚約すると言い出した時から、何かが狂い始めている気がする。

あの後、子爵位を継ぐ予定を立てていたのに、一度それが延期になった。

最初の理由は、【魔銀(ミスリル)】が金山から採掘されたこと。

それを売って欲しいと目の色変えた来客が頻繁に、様々な理由をつけて訪れるようになり、責任者として対応に追われたせいで仕事が滞った。

ただの来客ならともかく、相手の爵位が上だったりすると、父がうっかり頷かないように目を光らせる必要もあり、自分も対応して義兄の名をちらつかせなければならなかった。

——何で俺が？

そんな理不尽さを感じつつも『式典などやっている場合ではない』と延び延びになっている内に、今度は魔物被害だの【災厄】だのが襲いかかって来た。

慌てふためくだけの父にキレたフォッシモは、『しばらくどっか行け！』と、祖父に連絡を取ってタイア子爵領に母共々叩き込み、実質領主として種々の対応を行った。

そこで母が祖父と和解したらしいのは良いのだが、状況が落ち着いた頃には、気づけば二年近くが経っていたのだ。

慌てて準備を行い、社交シーズンになったことと姉の懐妊にかこつけて、帝都のタウンハウスで適当に式典を行おうとしたところ、何故かウェグムンド侯爵家のタウンハウスと姉の私財を貸し出されて、ド緊張の中で爵位相続のお披露目をする羽目になった。

そして、この一枚目の手紙である。


「何で、継いだばっかで陞爵の案内が来るんだ……!?」


陞爵、つまりダエラール家が子爵家から伯爵家になるのだ。

理由は『帝室に供給された【魔銀】が【災厄】の対処に貢献したから』というもので、帝王陛下のサインと共に玉印が押されていて、拒否権なし。

その手紙と合わせて、二枚目の手紙。

姉からの手紙で『陞爵に伴う領地配分を受け取るように』と書かれていて、つまり管理すべき領地が増えるのである。

姉自身も女伯の爵位を同じ件で受け取るが、領地分配は断ったという。

その分まで合わせた領地……つまり『魔銀(ミスリル)鉱山の周辺にある空白地の一部』までもダエラール領になる、と。


――マジでふざけんなよ！！


姉に頭の上がらないフォッシモは、心の中でどれだけ悪態を吐こうとそれを拒否出来ない。

鉱山自体の所有権は姉のままなので、【魔銀(ミスリル)】狙いのハイエナどもを捌くのは、今まで通りに出来るが……。

どちらにしたって、今以上に仕事が増えて過労死する未来しか見えない。

金採掘代行手数料やら、豊かになった領地やら、姉に言われた絹の生産やらで領の収入はうなぎ登りなので、伯爵への陞爵式典を行う資金については問題ないのが、不幸中の幸いだ。


――いや、何が幸いだよ！

割と昔から、父の代わりに領地運営を担っていた姉の薫陶(くんとう)を受けているフォッシモは、悲しいかな、どんな状況でもまず『領地運営を圧迫しない為の金勘定』を心配してしまう。

「人材が必要だ……それも金勘定が出来て、頭の回転が速くて、信用出来る人材が……」

死んだ目で頭を振った後、フォッシモは改めて三枚目の手紙に目を向ける。


誰あろう、公爵令嬢ミッフィーユ・スーリアからの手紙である。


記念式典でご挨拶を交わした後、何故か猛烈な量の手紙が来るようになったのだ。

日常の些細なことが書かれたものから、現在姉の下で働いている際に起こったこと、領地運営に役立ちそうな帝都での流行りなど。

ミッフィーユ嬢の手紙の内容は役立つことも多く、読んでいて楽しい筆致で描かれている。

彼女ご本人には伝えていないが、当時貴族学校で下級生だったミッフィーユ嬢は当然有名であり、大変可愛らしい方だとも思っていた。

姉が変わり者で優秀と有名であろうとも、フォッシモ自身は『それなり』の域を出ない人間なので、相手の目には留まっていなかった筈だ。

しかし何が気に入ったのか、手紙の最後には必ずデートの誘いが添えられており、彼女は社交シーズンの間に結構な頻度で、それも唐突にタウンハウスを訪れて来ていた。

『手紙や早馬による先触れ』というのは、当日の数時間前に出すものではない筈だ。

もう一度言うが、彼女自身は大変可愛らしく、聡明な方である。

だが。

「……いや、釣り合わねぇだろ」

たった今陸爵の案内があったものの、子爵家は下位貴族であり、公爵家は帝室に連なる血統……つまりミッフィーユ嬢は、ご令嬢の中のご令嬢である。

認められるわけがない。

子爵令嬢でありながら筆頭侯爵である義兄と結婚した姉が、そもそも例外過ぎるのだ。

まして婿養子入りですらなく、子爵家に公爵令嬢が嫁ぐとなれば……時代が時代なら『下賜』と呼ばれてもおかしくない状況である。

何故彼女が、それ程自分に執着しているのか。

もしや陸爵すらミッフィーユ嬢の差し金か、とフォッシモは少し疑心暗鬼になっていた。

あまりにも困惑し過ぎた為、とりあえずウルムン子爵に相談することにする。

爵位も年齢も近い彼と、フォッシモは薬草の生産について相談する内に仲良くなっていた。

彼も彼で、あのロンダリィズ伯爵家の末娘、エティッチ嬢と婚約していたからだ。

爵位が一つ違いであろうと、子爵の身分でありながら伯爵家という上位貴族との縁。

まして、財力と功績で言えば帝国内で指折りの伯爵家との婚約である。

『ミッフィーユ様とでは、婚約を申し込むにしても身分が釣り合わな過ぎるのでは』と問いかけたフォッシモは、いつになく真剣な目をした彼にガシッと両肩を掴まれた。

『良いですか、それを決して、スーリア公爵令嬢の前で言ってはいけません。土下座するハメになりますよ……！』

重々しく助言をするウルムン子爵の迫力に思わず頷いてしまったが、だからと言ってどうしたら良いものか。

――――そういえば、姉上は何も言ってなかったな……。


と、フォッシモはふと思いつく。

ミッフィーユ嬢が姉の部下になっているということは、もしかしたらこの件について何か知っているのではなかろうか。

そう思ったフォッシモは、次に姉へ連絡を取り、ウェグムンド侯爵家のタウンハウスに赴いた。

生まれたばかりの姪、ウーユゥが彼女の腕に抱かれており、当然ながら義兄は公務で不在である。

「体は大丈夫？　姉上」

「お陰様で健康です。伯爵への陞爵、おめでとうございます」

いつも通り無表情でそう告げる姉に、フォッシモは眉根を寄せた。

「大半、姉上の策略でしょう？」

「ダエラールの家が発展するのは、良いことです」

全く苦言が響かない姉が、そう言ってから珍しく微笑む。

「貴方なら全てこなせますよ」

「……勝手な期待だね」

ため息を吐いたフォッシモは、本題に入った。

「ミッフィーユ嬢の件なんだけど」

「ええ」

「どうすれば？」

姉を相手に遠回しな物言いなど無駄なので、率直にフォッシモが問いかけると。

「良いご縁では？」

と、即座に返された。


――これは絶対、何か知ってるな。


姉が何も訊かずに即断するということは、基本的にそういうことである。

状況が定まっていない物事の判断に関して、姉ほど慎重な人間はそうそういないのだ。

「つまり、俺は好きにして問題ないと？」

「ええ。一つ伝えておくと、ミッフィーユ様は大変優秀な方であらせられます。ご縁が結ばれるのであれば、貴方の領地運営も楽になるかと」

それは、非常に魅力的な助言だった。

優秀な人間は、今すぐにでも喉から手が出るほど欲しい。

手紙の内容からしても彼女が優秀であることは疑いがないが、姉からのお墨付きも加わったのである。

「もう一つ聞きたいんだけど」

「どうぞ」

「他に、優秀な人材を融通して貰えたりは？」

「鉱山運営に関しては、人材を派遣しているかと思いますが」

「出来れば、恒常的に領地全体を一緒に見てくれる人材が欲しいんだけど。うちの家令もそろそろ、無理させられない年齢だし」

「良いでしょう。エティッチ様より、ベックスという少年が『ロンダリィズ領を出て、帝都で一度働きたい』と申し出ているとお聞きしております。一年帝都で育成した後、ダエラール家の家令候補として派遣するというのは？」

「何歳くらいなんです？」

「12歳ですね」

「いや即戦力が欲しいんだけど!?」

「落ち着きなさい。話にはまだ続きがあります」

姉は、少しぐずり始めたウーユゥを揺らしてあやしながら、さらに言葉を重ねる。

「ウェグムンド侯爵家の執事長オルムロも『そろそろ隠居を』と望んでおります。ちょうど良いので最後の仕事として、繋ぎに彼を派遣しましょう」

「……結局、無理はさせられねーよな？」

「オルムロはまだまだ元気ですよ。彼はおそらく、ペフェルティ領にしばらく滞在したいと望んでいます。あそこの交易街はペフェルティ伯爵夫妻の影響で、美味しいお菓子が豊富なので」

「菓子ぃ？」

「彼は甘いものに目がないのです。隣のダエラールであれば距離的には帝都よりも遥かに近いので、おそらく了承してくれるかと。たまに休暇をあげてください」

「それはもう。使用人は大事に、と姉上に叩き込まれてますしね」

お陰で忙しいのだが、これ以上仕事を振ると今度は周りの休みが減ってしまうのだ。

ウェグムンド侯爵家の家令が手伝ってくれるなら、最強の助っ人である。

「それなら、なんとかなるかな……ありがとう」

「ええ、すぐに手配しておきます。頑張って下さい」

「これ以上頑張ったら倒れるよ。今でも倒れそうなのに」

両手を広げてぐるりと目を回したフォッシモは、侯爵邸を後にした。

そしてミッフィーユ嬢に手紙を認め、合間を縫ってデートの日取りをなんとか決めて、贈り物を購入し、待ち合わせのカフェへと赴く。

そのままお茶の時間、となったのだが。

「フォッシモ様。あーん！」

「じ、自分で食べられますから……！」

「あら、私の手ずから食べるのはお嫌ですか？」

やっぱりめちゃくちゃ積極的なミッフィーユ嬢にパフェの載ったスプーンを差し出されて怯んでいると、彼女がしゅんとしてしまった。

――これは不味い。


そう思って、顔が熱くなるのを感じながら告げる。

「いや、決してそういうわけでは……！」

「では、あーん！」

と、コロッと表情を変えた彼女にスプーンを突きつけられ、仕方なくそのまま食べた。


――とんでもなく恥ずかしいんだが？


周りの視線が痛い気がする。

見るのが怖くて、注目されているのかどうかすら確認していないが。

そして、パフェを飲み下した後、フォッシモは意を決してミッフィーユ嬢に声をかける。

「あの、ミッフィーユ嬢」

「はい！」

ニコニコと満足そうなミッフィーユ嬢に、フォッシモは贈り物を手渡す。

「その、これを」

中身は、フォッシモが可愛らしいと思ったブローチだ。

箱を開けたミッフィーユ嬢が、パァ、とこれ以上明るくなりようがあるのかと思った笑顔を、とろけるようなものに変えた。

その本当に嬉しそうな表情に、思わず目を奪われる。

「まぁ！　素敵ですわ！　これを私に!?」

「はい。贈り物、です」

乾いた喉で返事をすると、ミッフィーユ嬢と目が合った。

正面から見つめられて、さらに顔が熱くなる。


――――可愛い。


「嬉しいですわ！」

「あの、それと」

「はい！」

ゴクリと唾を飲んだフォッシモは、人生で一番緊張しながら、その言葉を口にした。

「その、私と、結婚を前提に、正式にお付き合いしていただけませんか？」

すると、ミッフィーユ嬢がビシリと固まってしまった。

「あの……？」

――まさか、勘違い、なんてこと、ないよな？

そんな不安を覚えたフォッシモに、硬直の解けたミッフィーユ嬢が、顎を引いてチラリと上目遣いをし、頬を染める。

はにかんだ仕草が、先ほどの笑顔を超える程に可愛くて。

――いや、反則だろう！

今度はフォッシモが言葉を失っていると、ミッフィーユ嬢が口を開いた。

「はい！　喜んで！」

こうして、未来のダエラール伯爵は、生涯連れそう伴侶との交際を結んだ。

今後、フォッシモは彼女に一生振り回されることになる。

旦那自慢の為に本を出版させられたり、公爵領で講演をさせられたり、公族の補佐として各国を飛び回らされたりもするのだが……。

少なくとも、それを不幸だと思ったことは、一度もなかったようである。

アフターストーリー③　ウーユゥとクーデル。

「到着致しました。足元に気をつけて降りるのですよ」

大街道から少し外れた場所にあるペフェルティ領北部の別荘地に到着し、先に降り立ったアレリラは、馬車の中に向かって声を掛けた。

「はぁ～い、おかーしゃま……」

と、眠たげな声が答えるが、顔を覗かせない。

彼女は、もう8歳だというのに舌足らずな喋り方が抜けない娘、ウーユゥである。

馬車の中で眠るのはともかく、寝起きが悪いのは少々問題だとアレリラは思っている。

顔を覗かせ、しょぼしょぼとまばたきをしたウーユゥは、顔立ちこそアレリラに似ているけれど、イースティリア様より明るい空色の瞳と白髪に近い銀髪を備えていた。

まるでお人形のよう、と言われるけれど、その中身はと言えば。

「ウーユゥ。目を擦るのは、良いことではありません」

「あ、はぁ～い……」

いつまでも幼子のようで、アレリラは最近、少しそのことに悩んでいた。

素直な気質のウーユゥはすぐに手を下ろしたものの、今度はアクビをする。

「アクビをしてはいけません。馬車を出たら、いつ何時でも『誰かに見られている』という意識を持つのです」

実際、宰相と筆頭秘書官、かつ侯爵家の一人娘として護衛は四六時中ついているので、誰かに見られているのは喩え話ではない。

「そのような顔を、クーデル様に見られても宜しいのですか？」

「そ、それはいけましぇんわぁ～」

慌てていても、あまり慌てているように見えないおっとりとした娘は、ふるふると軽く頭を振って、目を覚ましたようだった。

常にとろんとした目をしているので、あまり変化は分からないけれど。

「では、手をどうぞ」

アレリラが馬車に向けて掌を差し出すと、ウーユゥは手を取って、ぴょん、と飛び降りる。

「危ないですよ」

「気をつけましゅわぁ～。それよりも、クーデル様はどこでしゅの～？」

「待ちなさい。走ってはなりませんし、そもそもアーハ様へのご挨拶が……ウーユゥ！」

話を聞いていないのか、本人は軽いつもりの足取りで、とてとてと走って行こうとしている。

アレリラはため息を吐いて、横に目を向けた。

「……ナナシャ」

「ええ、お嬢様を捕まえて参りますね」

表情を引き締めているものの、笑いを堪えるような気配を見せた彼女は、今は近衛から引き抜いてウェグムンド侯爵家で、アレリラ直属の護衛として雇い入れていた。

そのナナシャが、ウーユゥを追いかけようとすると。


「アレリラちゃ～ん！　待ってたわよぉ～！」


と、丁度アーハ様が玄関から姿を見せる。

「申し訳ありません、ウーユゥがご挨拶もせずに庭に行ってしまいまして」

「別に良いわよぉ～。ワタシたちが庭に行きましょぉ～♪　クーデルもいるしぃ～」

その言葉を聞いて、アレリラは一度足を止めたナナシャに頷きかける。

「先に」

「は！」

彼女が素早く歩いていくのを追いかけるように、アーハと共に歩き出した。

「アーハ様におかれましては、お元気そうで何よりですね」

「アレリラちゃんもねぇ～。いつまでも若いわねぇ～」

「容姿の話でしたら、アーハ様もさほど変わりはないかと」

『痩せるアメ』の成果か、一時期よりほっそりしたアーハが、相変わらず歯を見せる満面の笑みを浮かべる。

それを見て、はしたない、という感情よりも、今日も元気そうで嬉しくなる程度には、アレリラも丸くなっていた。

「ウーユゥは、いつまでも礼儀を覚えぬ娘で困ったものです」

「あらぁ～、そんなことないわよぉ～。まだ8歳でしょぉ～？　これからよぉ～！」

「もう8歳の間違いでは？」

相変わらず、こうした点は意見が合わないけれど。

「そういえば、ペフェルティ伯爵は？」

「うちの領でお仕事中よぉ～」

そう言うアーハは、へにょん、と眉をハの字に下げる。

「【魔銀(ミスリル)】をウェグムンド侯爵に丸投げしたのに、『痩せるアメ』のせいで結局忙しくなっちゃったでしょぉ～？　とうとうプッツン来ちゃったみたいでぇ～」

「……ペフェルティ伯爵が？」

アレリラは少々驚いた。

怒ったところを見たことがない彼がそうなる、というのなら、よほど忙しいのだろう。

「『オッポー達に全部やる！　もうヤダ！』って聞かなくてぇ～。その手続きをしてるのよぉ～」

「結局丸投げですか」

ボンボリーノらしいと言えば、らしいけれど。

「お互い、主人が居らず残念ですね」

「ホントよぉ～！」

今回の旅行は、夏の避暑を目的としていた。

今年は別荘で過ごすというアーハに誘われて、アレリラもこの地に赴いたのだけれど、イーステイリア様は直前に入った急な職務で抜けることが出来ず、ウーユゥとの二人旅である。


――あの子の見聞を広げる上で、様々な場所に赴くのは大変意義のあることです。


昔、あまり領地や帝都を出なかった自分を省みて、アレリラはそう思っていた。

しかし結局、基本的に誘いがなければ重い腰を上げないので、人の性質はそうそう変わらない。

そして出掛けても結局、肝心のウーユゥの見聞が広がっているかは微妙なところだった。

庭に赴くと、先に行ったナナシャの姿が最初に見え、ウーユゥが木陰にちょこんと座っている。

その横では、金髪に黒縁メガネを掛けた少年が、本を開いて文字に目を走らせていた。

ボンボリーノとアーハの長男、クーデルである。

「いやーん！　やっぱり今日もウーユゥちゃんは可愛いわねぇ～！」

最初の子どもが出来るまでの間こそ長かったものの、それから立て続けに男子を三人産んだアーハは、女子であるウーユゥにデレデレなのである。

「やっぱり女の子も可愛いわぁ～♡　もう一人くらい頑張ろうかしらぁ～♪」

「お体に障らないようにだけ、お気をつけ下さい」

結局ウーユゥしか生まれなかったアレリラは、少々後継ぎ問題が悩ましいところだった。

女侯でも構わない、とイースティリア様は仰るけれど、生来おっとりしたウーユゥに務まるのかがまだ読み切れないのである。

それに、もう一つの懸念は目の前の光景。

「クーデルしゃまぁ～♡　今日のご本は何でしゅかぁ～？♡」

「ダエラール伯著、『鉱山運営』」

「おじしゃまのご本でしゅわねぇ～♡　難ししょうでしゅわぁ～♡」

「難しくない。ダエラール伯の言葉選びと情報は分かりやすい」

「そうなんでしゅの～？♡　クーデルしゃまが楽しいなら、ウーユゥも楽しくなってしまいましゅわぁ～♡」

「ん」

ウーユゥが間延びした口調で話しかけるのに、クーデルが端的に言葉を返す。


――まるで、昔のわたくしとペフェルティ伯爵のようです。


ボンボリーノも、アレリラが本を読んでいると近づいてきて、色々と話しかけて来たものだ。

違う点と言えば、お互いに恋愛感情を抱いていなかった自分たちと違い、ウーユゥは、物心ついた頃からクーデルにべったりだというところだろう。

そして彼も、娘のことを憎からず思っているのが態度から分かる。

ツンとした態度を取っているのに、耳が赤くなるくらいウーユゥを意識しており、律儀に会話に付き合っているのだから。

その証拠に、先ほどから本をめくる手が進んでいない。

と言ってもクーデルは聡い少年であり、読んでいること自体はポーズではないのだ。

「相変わらず勉強熱心なようで、感心致します」

「ねぇ〜。誰に似たのかしらぁ〜？」

「ペフェルティ家の、伯爵以外の方々ではないでしょうか。むしろ、ウーユゥの方が誰に似たのやらと悩ましいところです」

「そぉねぇ〜……アレリラちゃんのお父様やお母様、お祖母様とかじゃないかしらぁ〜？」

「あり得る線ですね」

父も、幼い頃はこういう性格をしていたのかもしれない。

母もどちらかと言えばおっとりとしたタイプである。

よく考えたら、ダエラール子爵家ではアレリラの方が、ペフェルティ伯爵家ではボンボリーノの方が異質なのだ。

ペフェルティ伯爵家の方々は、基本的に皆勤勉で真面目なのである。

イースティリア様との出会いから知った一連の出来事を加味するに、ボンボリーノの方が彼らの多くよりも本質的に賢い、というのは間違いないけれど、それで他の方々の美徳が損なわれるわけでも、ボンボリーノの適当な部分が帳消しになる訳でもない。

そんなことを考えつつ、アレリラは再び、幼い二人に目を向ける。

「……クーデル様は、良いお子です。個人的には、ご長男でなければ良かったのですけれど」

ウーユゥは全身で『クーデル好き好き』と主張しており、オーラが桃色になって立ち昇っているかのように錯覚する程だ。

しかしクーデルは優秀なので、ペフェルティ伯爵家の嫡子としての地位は揺るがないだろう。

となると、ウェグムンド侯爵家を継がなければならないウーユゥと、連れ添うには不適なのだ。

そうでなければ、今すぐに許嫁としても良いくらいだったので……アレリラは、アーハに一つ相談をした。

「……ウェグムンドで養子を取ろうかと思うのですけれど、どう思われますか？」

彼女は、こちらの問いかけにキョトンとした。

「え～？　どうしてぇ～!?」

「ウーユゥに女侯が務まるか、心配であるのが一点。クーデル様がペフェルティ伯爵家の嫡男であるというのが一点です。……あの子は、伯爵夫人としてクーデル様に嫁ぐ方が、幸せなのではないでしょうか」

それなら、今のうちに優秀な養子を親戚から取り、侯爵家の家督を譲る教育を施した方がいい。

けれどアーハはそれに対して首を傾げ、とんでもないことを言い出した。

「それなら別に、クーデルを侯爵家に婿入りさせれば良いんじゃないのぉ～？」

「……え？　ですが、クーデル様は嫡男で」

「ボンボリーノはぁ～『次の伯爵は、次男のサルホーの方が良いんじゃないかな～？』って言ってたしぃ～。アレリラちゃんがクーデルを貰ってくれるなら、その通りになるじゃな～い！」

「いえ、ですが……そんなに軽くて良いのですか？」

「だってぇ～、ボンボリーノのそういう大事なお話って、間違わないじゃないのぉ～！」

「ええ、確かに、そうですが」

「それに今どき、長男が家を継がなきゃって考え方自体が古いわよぉ～！」

アレリラは、最後の一言にハッとした。

そう、それもいわゆる『常識』の一つなのだ。

全ての権利が先に生まれた者や、たった一人の領主に集中する時代を終わらせるために、イースティリア様は様々な法を改正しているのである。

「なるほど。……なるほど」

全てが丸く収まるという意味なら、アーハの提案の方が余程良い。

ウーユゥを女侯とした婿養子であろうと、彼自身に家督を継がせるのであろうと、アレリラとしては、クーデルであれば申し分ないのだ。

「相変わらず、わたくしは頭が固いようです」

「そうねぇ～。でも、そういう真面目さがアレリラちゃんの良いところでもあるわよぉ～！」

笑いながらアーハに背中を叩かれて、アレリラは微笑んだ。

「そうでしょうか。アーハ様にそう思って貰えているのであれば、嬉しいです」

――この歳になっても、学ぶことばかりですね。

帰ったら、イースティリア様にその件を改めて相談してみよう。

そう思いながら、アレリラはウーユゥの嬉しそうな横顔を見て、目を細めた。

うちの娘は、不出来な部分があろうとも、今日もとても可愛い。

そう思いながら。

エピローグ　朱夏の盛りに。

「……アル」

「ここに居(お)りますよ、イース」

揺り椅子に座ってアルバムをめくっていたアレリラは、ベッドの上から掛けられた声に答えた。

すると、安堵したようにまた寝息が聞こえ始めたので、再びアルバムに目を落とす。

祖父や父母、交遊のあった数多くの人々が、そこには写し出されていた。

魔導技術の成長は、絵以外にも、人の時を切り取って保存する技術を生み出したのだ。

それはちょうど、ウーユゥが生まれた頃に開発された技術で、その存在を知ったイースティリア様が彼女の成長を収めるようにご指示なさった。

お陰でアレリラは、今でもこうして、大切な記憶を色褪せぬままに思い返すことが出来る。

——イースと共に駆け抜けた、朱夏の季節を。

「ご来客です」

「お通しして下さい」

すると、今日約束していた相手がドアから入って来る。

「アレリラ～♪　今日も来たよー！」

「アレリラちゃ～ん♪　今日も美味しいお菓子を持って来たのよぉ～♪」

「たびたびご足労いただき、恐縮です」

アレリラが立ち上がって微笑むと、ボンボリーノとアーハが、プルプルと同時に首を横に振る。

「オレ達は元気だからねぇ～！」

「座ってて良いわよぉ～♪　膝悪いのにコケたら大変よぉ～？」

「はい、失礼致します。お二人もどうぞ、お掛けになって下さい」

最近、何くれとなく気にかけてくれる娘婿の両親は、昔と全く変わらない。

外見の話ではなく、その内面が。

いつも明るくて、人にもその元気を分けてくれる方々だ。

何か用事があるわけではない。

ただ、たわいもない日々の話をしてから帰っていく。

「そろそろ帰りますね～♪　イースティリア様ー！」

「イースティリア様も、お邪魔しましたぁ～♪」

彼らは、今はもう一日の大半を寝て過ごしていて、あまり目覚めないイースティリア様にも毎回声を掛けてくれる。

すると、ふと目覚められることもあるのだ。

今日は、その日だった。

「ペフェルティ夫妻。感謝する……」

微睡(まどろ)みとの境のような目覚めでも、イースティリア様はちゃんと聞き取れる言葉を口になさる。

「君たちの声が……聞こえると、嬉しくなる。アルの明るい声は、あまり聞けない」

「そう思ってくれるなら良かったですー！」

「また来ますねぇ～♪」

そうしてボンボリーノたちが帰っても、今日は珍しくまだお目覚めのようだった。

「水を飲まれますか」

「ああ……」

口に吸い飲みを運ぶと、イースティリア様は二口ほど含んで口を閉ざされた。

「今日は少々、お元気ですね」

「昔の夢を……見ていた。アル」

「はい」

「愛している……」

イースティリア様の言葉に、アレリラは彼の髪を撫でた。

すっかり白銀に近い色合いになり、少々薄くなった髪は、パサついているけれど。

触れられるのは、温かいのは、まだ生きている証。

「わたくしも、今も変わらず、愛しておりますよ。イース」

微かに微笑んだイースティリア様は、そのままた眠りに落ちた。

後幾度、こうしたやり取りが出来るだろう。

けれど寂しさの中に、生涯添い遂げられたことに嬉しさを感じる自分もいる。

イースティリア様とは、共に過ごした時の方が遥かに長くなった。

窓の外に目を向けると、強くなり始めた日差しが初夏の庭を照らしている。

そろそろ冷却の魔導具で部屋を冷やす指示を出さないと、イースティリア様のお体に障るだろう。

ぼんやりとそう考えながら、アレリラは、目を細めた。


――わたくしは、本当に、幸せです。


イースティリア様は、一つの時代をお作りになられた。

彼の打ち出した数々の政策で帝国は飛躍的に発展し、人々の生活は当時より遥かに豊かになった。

アレリラ自身も、その手助けをほんの少しでも出来たことが誇らしい。

人の季節は、この先も巡る。

イースティリア様とアレリラがいなくなっても、その先へと続いて行く。


『君に婚約を申し込みたい』

そう言われたあの日から、アレリラの人生は変わった。
きっとあの日が、アレリラにとっての朱夏の始まりだったのだ。
夏が来る。
花開くように、多くのものが盛える季節が。
イースティリア様と共に歩んだ、あの鮮やかな季節が、今この瞬間も訪れている。

——誰かにとっての、朱夏の季節が。

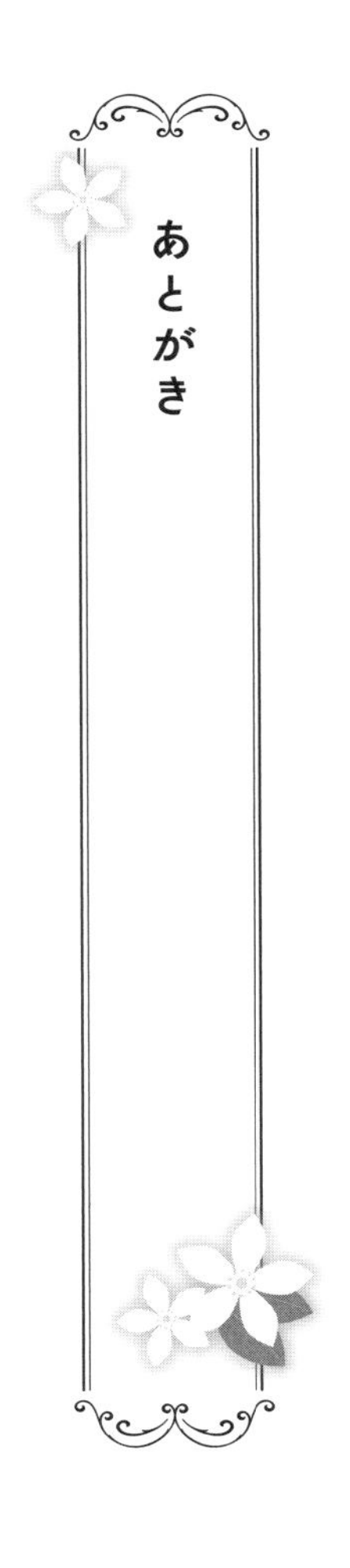

あとがき

皆様ご機嫌よう、名無しの淑女（♂）でございます。

お局令嬢と朱夏の季節三巻を手に取っていただき、誠にありがとうございます。

このお話は、『ただ平和で幸せな物語』として書いて参りました。

作中でも色々なことが起こりますが、何故かその渦中に主役達がいなかったり、渦中にいるのに酷いことが起こらなかったり致します。

そんな中、アレリラという女性が、様々な出来事や人の考えに触れながら『朱夏』という季節をどう過ごしたか……少しでも楽しんでいただけていたら幸いです。

『宰相閣下の右腕にして妻』という淑女と、『歴代最高の宰相』と呼ばれる青年が目指すべき指針は、作中にも示した通りに『何も起こらないように努めること』でした。

問題が起こった時にそれを解決する人々は華々しく、栄誉ある英雄であると思います。

ですが、その裏で『問題を起こさない為に日々努力をする人々』も、私は同じくらい尊い人々であると思うのです。

日々の生活を守り維持するというのは、口で言うほどに簡単ではありません。

問題が起こりそうな時。

あるいは、問題が起こらないように。

そのように努める人々は、最初どうそれに向き合うのか。


そうして向き合った人々は、一体、周りからどのように見られるのか。

様々な考え方に触れ、感じて、話し合い、アレリラという女性はどう花開いたのか。

イースティリアがどのような選択をして、どのように振る舞ったのか。

周りにいる人々は、どのような結末を迎えたのか。

ご満足いただけていると、嬉しく思います。

個人的には、彼女の娘ウーユゥと、ボンボリーノ達の息子クーデルが可愛くて可愛くて仕方ない三巻でした！

最後に、この作品を素敵なイラストで彩って下さったＳｈａｂｏｎ先生。

尽力して下さった編集さん、デザイナーさん、また校正や印刷に携わって下さった方。

何より読者の皆様に感謝を込めて、この物語の筆をおかせていただきます。

日田中先生によるコミカライズは好評連載中ですので、こちらは是非、引き続きお楽しみいただければと思います！

では、また何処かでお会い出来ることを願って。

Shabon
2023.12
一人一人の個性が豊かで魅力的なキャラクター達ばかり、
ノベルの方では挿絵に登場するのはその中でもほんの一部でしたが
描いていてとても楽しかったです
メアリー＝ドゥ先生、担当様、
「お局令嬢」をお手に取って下さった読者の皆様
描かせて頂きありがとうございました！
ウィルダリア＆レイダック
キャラデザイン画
ウィルダリア・バルザム
27歳
瞳/青
髪/金
（ウルフカット）
レイダック・バルザム
28歳
瞳/紅
髪/黒
肌/浅黒い肌

お局令嬢と朱夏の季節 ③
～冷徹宰相様との事務的な婚姻契約に、不満はございません～

発行 ―――――――― 2024年2月1日　初版第1刷発行

著者 ―――――――― メアリー＝ドゥ

イラストレーター ――― Shabon

装丁デザイン ――――― 世古口敦志・丸山えりさ（coil）

地図イラスト ――――― おぐし篤

発行者 ――――――― 幕内和博

編集 ―――――――― 及川幹雄

発行所 ――――――― 株式会社アース・スター エンターテイメント
〒141-0021　東京都品川区上大崎3-1-1
目黒セントラルスクエア　7F
TEL：03-5561-7630
FAX：03-5561-7632

印刷・製本 ――――― 図書印刷株式会社

ISBN 978-4-8030-1900-1